KAENA,
LA PROPHÉTIE

Collection dirigée par Denis Guiot

Participation à l'ouvrage : Chloé Chauveau
et Dominique Montembault
Mise en pages : Studio Michel Pluvinage

Loi n° 49-956 du 16 juillet 1949 sur les publications
destinées à la jeunesse
Dépot légal : Mai 2003
ISBN : 2 7404 1635 0

Xilam Films et Studio Canal présentent une réalisation de Xilam Films
D'après une idée originale de Patrick Daher et Chris Delaporte
Un scénario de Tarik Hamdine et Chris Delaporte – Musique originale : Farid Russlan
Productrice exécutive : Aziza Ghalila – Coproducteur : Denis Friedman
Une coproduction : Xilam Films – Studio Canal – TVA International IV Inc.
Avec la participation de France Images et du Centre National de la Cinématographie
Produit par Marc du Pontavice – Co-réalisé par Pascal Pinon – Réalisé par Chris Delaporte

KAENA, LA PROPHÉTIE

Pierre Bordage

MANGO JEUNESSE

I
L'attaque du sharken

Un craquement brisa le silence.

Kaena tressaillit. Elle s'arrêta de dessiner, referma son carnet et se redressa pour observer les environs. La poitrine oppressée par une sensation de danger, elle ne vit aucun mouvement, aucune forme dans la brume. Seulement les enchevêtrements des branches dénudées ; seulement les bouches ténébreuses des crevasses bâillant dans l'écorce rugueuse.

La brise légère du matin n'apportait pas d'odeur menaçante. Le torcouleur qui lui servait de crayon continuait d'agiter ses ailes et ses pattes dans le creux de sa paume. L'attention de Kaena se relâcha : le bruit avait probablement été provoqué par l'une de ces secousses qui ébranlaient Axis et qui, parfois, emportaient des pans entiers de la cité du Milieu.

Axis, l'arbre-monde, tremblait de plus en plus souvent, comme atteint de fièvre, et les récoltes de sève diminuaient de jour en jour. Elaïm, le grand-prêtre, clamait que les dieux éprouvaient la foi du peuple de la sève, mais ses paroles ne soulevaient plus que colère et révolte chez Kaena. Cet homme autoritaire et décharné lui avait servi de père et de mère à la mort de ses parents. La gratitude et le respect qu'elle lui avait voués les premières années de sa vie s'étaient transformés en défiance, puis en rejet après son quinzième anniversaire. Elle haïssait désormais le feu de ses yeux et le fer tranchant de sa voix.

Un chuchotement intime et lointain émana des profondeurs végétales, accompagné de l'image d'une sphère de lumière bleue éclatante, ravissante : l'appel d'Axis. La première fois que Kaena l'avait perçu, elle n'était qu'une enfant et avait cru que son imagination lui jouait des tours, mais le murmure et la lumière bleue s'étaient imposés avec force les jours suivants. Elle seule les discernait. Régulièrement, elle utilisait toute la réserve d'encre d'un torcouleur pour illustrer sa vision. Elle n'avait montré ses croquis à personne, pas même à Zehos, son ami d'enfance, le garçon qui avait partagé la plupart de ses secrets.

Les autres la prenaient pour une folle : au lieu de récolter la précieuse sève, au lieu de servir les dieux, elle passait son temps à explorer les recoins d'Axis, à dessiner des paysages ou des animaux, assise à califourchon sur une branche. Elle s'isolait souvent au même endroit, juste au-dessus de la mer nuageuse recouvrant le Grand Néant. Elle s'y rendait par une galerie dont, hormis Zehos, elle était la seule à connaître l'existence. Elle s'était enfoncée à plusieurs reprises dans la brume grise et froide, mais, chaque fois reprise par ses peurs, elle avait rebroussé chemin.

Peur de tomber dans un gouffre sans fin. Peur d'être déchiquetée par les maraudeurs et autres monstres de l'abîme. Peur de provoquer la colère des dieux. Elle aurait voulu s'envoler comme ces hommes et ces femmes des légendes qui s'étaient jadis élevés vers les cimes radieuses promises aux justes. Ou comme les créatures volantes, insectes, plumeux, sharkens, qui défiaient les lois de l'abîme.

La sensation de danger, nettement plus forte, revint l'étreindre et la tirer de sa rêverie. Un courant d'air glissa sur sa nuque et souleva une mèche de ses cheveux maintenus en chignon par des épingles de bois. Une ombre l'enveloppa, froide, hostile. Sa respiration se suspendit, son cœur cogna à toute volée dans sa poitrine. Elle ne commit pas l'erreur de se retourner. Elle avisa une branche basse à demi dissimulée par la brume, lâcha le torcouleur qui s'éloigna dans un bourdonnement énergique, et plongea.

Un tentacule la frôla, mais n'eut pas le temps de s'enrouler autour de sa jambe. De sa main libre, elle agrippa fermement la branche basse en espérant qu'elle supporterait son poids. Les pieds dans le vide, l'épaule et le bras endoloris, elle lança un coup d'œil vers le haut.

Malgré sa taille énorme, le sharken s'était approché dans son dos avec la discrétion d'un sinueux. Une dizaine de tentacules se tordaient de fureur autour de sa gueule distendue. Ses yeux sombres et rusés luisaient entre ses écailles grisâtres. Dépité, il commença à replier ses ailes membraneuses empêtrées dans les branches. La férocité des sharkens n'avait d'égale que leur ténacité, et celui-là, un vieux solitaire sans doute, ne se laisserait sûrement pas décourager par son premier échec.

Kaena coinça son carnet entre son ventre et son pagne, et fouilla les environs du regard. Les lignes brisées et sombres d'autres ramifications se devinaient dans la mer de brume. La crainte ancestrale d'être happée par le Grand Néant domina pendant quelques instants la peur de finir dans la gueule du monstre.

Le sharken se dégagea et fondit sur elle dans un froissement d'ailes assourdissant. Un réflexe poussa Kaena à lâcher prise. Elle tomba dans la brume comme une boule de mousse sèche. Elle eut la sensation de sombrer dans toutes ses terreurs d'enfant. Des branchages ralentirent sa chute. La progression de son poursuivant s'accompagnait de craquements, de halètements rauques. Elle saisit un rameau un peu plus épais ; il ploya sous son poids, mais ne rompit pas. Elle y resta suspendue jusqu'à ce qu'elle aperçoive, dix ou douze pas plus bas, une énorme branche-mère. Elle risquait de se rompre les os, mais le sharken, très proche maintenant, ne lui laissait pas le choix.

Elle se laissa happer par le vide. Traversa un enchevêtrement de ramilles — un nid ? — que la brume, de plus en plus épaisse et froide, avait soustrait à son regard. Se reçut avec dureté sur une fourche. Le bois, pourtant épais, se fendit dans un craquement sinistre.

À demi étourdie, elle se contorsionna pour tirer son couteau de sève séchée de sa gaine tout en cherchant des yeux le sharken. L'ombre du prédateur planait juste au-dessus d'elle. Bien qu'aveuglée par sa sueur, Kaena réussit à frapper la pointe de l'énorme langue rouge qui dansait à quelques pouces de sa tête. La lame se brisa sur la chair palpitante comme un vulgaire fragment d'écorce morte. Le sharken poussa un hurlement terrifiant. Sa langue, à peine égratignée, se rétracta entre ses tentacules, puis ses griffes lacérèrent les écharpes de brume.

Se voyant perdue, Kaena n'eut d'autre ressource que de crier, instinctivement :

—Axis, Axis, protège-moi !

La fourche qui la supportait céda brusquement, et elle se reçut sur la branche-mère cinq pas plus bas. Le souffle coupé par le choc, elle roula sur elle-même et crut qu'elle allait une deuxième fois basculer dans le vide. Son épaule heurta une excroissance tranchante qu'elle prit pour un éclat de sève durcie.

Elle s'immobilisa un peu plus loin. Le sang coulait en abondance de sa plaie à l'épaule, plus profonde qu'elle ne l'avait supposé. Elle oublia sa douleur et la menace du sharken pour examiner l'aspérité qui l'avait blessée. Fiché dans l'écorce, l'objet, étroit et luisant, ne ressemblait à rien de ce qu'elle connaissait.

Un battement d'ailes l'informa que le grand prédateur s'apprêtait à porter une nouvelle attaque.

Si cette chose m'a ouvert la peau avec une telle facilité, pensa Kaena, *peut-être que...*

Elle entreprit de la libérer de sa prison d'écorce. Fébrile, surprise par le contact lisse et froid, elle s'écorcha les doigts. Elle s'efforça d'ignorer l'ombre grandissante et bruissante du sharken pour se concentrer sur ses gestes. L'objet s'arracha d'un coup sec au moment où le prédateur, ailes déployées, crevait la brume.

La langue monstrueuse jaillit entre les tentacules. Kaena attendit qu'elle s'approche d'elle pour la frapper à nouveau, de toutes ses forces, de tout son poids. Une haleine brûlante, fétide, lui fouetta les narines. L'objet s'enfonça en vibrant dans la chair écarlate. Il ne se brisa pas, contrairement au couteau de sève.

La langue du sharken se fendit avec la même facilité qu'une feuille tendre. Des gouttes d'un sang épais éclaboussèrent le visage et les épaules de Kaena. Les cris du prédateur s'achevèrent en un râle étouffé. La douleur le contraignit à battre vigoureusement des ailes, à reprendre de l'altitude, à s'éloigner de cette proie qui lui offrait une résistance inattendue. Il plana pendant quelques instants au-dessus de la branche-mère, puis, après avoir poussé un dernier hurlement, disparut dans la Mer des nuages.

Allongée sur l'écorce rugueuse, en sueur, Kaena reprit son souffle et ses esprits. Elle dégrafa une attache de son bustier, un plastron protecteur fait de sève séchée et de peau de verdaxe, pour libérer sa poitrine et respirer plus à son aise. Tout en continuant de surveiller les environs, elle observa l'objet mystérieux. Il lui avait coupé les doigts, les paumes, mais il lui avait sauvé la vie. Il paraissait totalement étranger à son monde, abandonné là par un visiteur mystérieux, mais Kaena eut l'intuition qu'il avait un lien profond et ancien avec Axis. Avec l'appel envoûtant, avec la lumière éclatante et bleue, avec les secrets enfouis dans les profondeurs du Grand Néant.

Elle se releva, rajusta son bustier, son pagne, et contempla au-dessous d'elle la brume grisâtre traversée par de vagues tourbillons. D'autres branches se ramifiaient dans la Mer des nuages. Comme des veines sous la peau translucide d'un immense corps. Son peuple et elle ne connaissaient pratiquement rien de leur monde. Trouverait-elle un jour le courage de franchir les frontières tracées par les lois, par les habitudes, par les peurs ?

La blessure à son épaule avait déjà cessé de saigner. Le concert habituel de murmures, de bourdonnements, de sifflements montait des branches d'Axis. Le parfum entêtant de la sève dominait les odeurs dispersées par les courants d'air.

Un vol joyeux de torcouleurs bleus, jaunes et rouges fila juste au-dessus de la tête de Kaena. Elle n'eut ni la volonté ni le réflexe de lever la main pour en capturer un. L'envie de dessiner lui était momentanément passée. Elle découpa un petit bout de peau de verdaxe de son bustier, enveloppa l'objet coupant et glissa le tout dans la ceinture de son pagne. Elle mourait de soif. Elle observa attentivement l'écorce de la branche-mère, mais ne discerna aucune gourdaque. Ces étranges animaux qui accumulaient l'eau dans leur poche dorsale se faisaient de plus en plus rares. Tout comme les rognes, ces gros fruits jaunes, acides et nourrissants.

Tout comme la sève.

Elle ressentit une gêne entre les omoplates : la brûlure caractéristique d'un regard. Quelqu'un l'observait. Elle crut que le sharken avait rebroussé chemin et pivota sur elle-même, les doigts glissés dans la ceinture de son pagne, posés sur sa nouvelle arme. Aucune ombre ne s'agitait dans la mer de brume.

Elle resta un long moment aux aguets avant de remonter vers les siens, vers l'entrée du passage qui menait dans l'enceinte rassurante de la cité du Milieu.

2
Ilpo

Tu n'as vraiment rien de mieux à faire que traîner ?

Enode s'était interrompu dans son travail pour jeter à Kaena un regard exaspéré. Suspendus au tronc-père d'Axis par des cordes, vêtus de courts pagnes de peau de verdaxe, les récolteurs s'affairaient à plonger leur tire-sève dans l'écorce craquelée. La substance dorée s'écoulait par les pieux creux et se déversait dans les récipients fixés à leur ceinture par des crochets. Les égratignures provoquées par les aspérités du tronc s'ajoutaient aux tatouages traditionnels sur leurs muscles longilignes et ruisselants.

Enode rajusta la corde qui lui ceignait la taille, descendit d'un bond en rappel et, après avoir placé son récipient entre ses cuisses, incisa l'écorce avec la pointe biseautée de son tire-sève. La puissance et la précision de ses gestes révélaient une grande habitude. Il avait la réputation d'être l'un des meilleurs récolteurs du peuple sapien.

—La récolte est bonne ? demanda Kaena.

—En quoi est-ce que ça peut bien t'intéresser ? grogna Enode sans se retourner. Ce n'est pas grâce à ton travail, en tout cas, que les dieux nous accordent leur protection !

Quelle protection ? songea Kaena. *Est-ce que les dieux protègent Axis des tremblements ? Est-ce qu'ils nous protègent de la pénurie de sève ? Est-ce qu'ils ont protégé mes parents ?*

Les exclamations de dépit des récolteurs tombèrent des branches comme une succession d'échos à ses pensées : la sève ne coulait plus.

Enode pratiqua une nouvelle incision dans l'écorce, plongea son pieu dans le tronc et attendit quelques instants avant de secouer la tête d'un air las. Des ondulations parcoururent les pointes de ses cheveux, regroupés en toupet au sommet de son crâne.

—Plus rien, murmura-t-il. De toute façon, il est temps de rentrer : l'offrande va bientôt commencer.

Il se posa sur une branche-mère, dénoua la corde de rappel et tira des replis de son pagne une gourdaque à demi pleine. Il plaça l'extrémité de la poche renflée du petit animal entre ses lèvres et la pressa sans interruption. Il but avec une telle avidité que des gouttes lui dégoulinèrent sur le menton. Une fois abreuvé, il jeta la gourdaque vidée de son eau avec une brutalité et une ingratitude qui ulcérèrent Kaena. Le petit animal se redressa sur ses pattes et s'éloigna d'une démarche hésitante en traînant sa poche vide. Il se fondit bientôt dans l'écorce dont, hormis les taches claires de son dos, il avait toutes les apparences.

Les récolteurs atterrirent l'un après l'autre sur la branche-mère, environnés d'une forte odeur de sève.

—Les dieux sont fâchés contre nous, marmonna l'un d'eux.

—C'est que… tout le monde ne fait pas son devoir dans la cité, grommela un autre.

—Certains semblent oublier que nous sommes nés pour servir, renchérit un troisième.

Leurs regards brillaient de colère rentrée, mais n'osaient pas se poser sur Kaena. Même si elle défiait ouvertement l'autorité d'Elaïm, elle restait sa fille adoptive, sa préférée, et ils n'auraient pas pris le risque de déplaire au grand-prêtre.

—Si les dieux nous aimaient, comme le prétend Elaïm, ils feraient de nous leurs enfants, leurs égaux, et non leurs serviteurs ! lança Kaena.

Elle fendit avec autorité le petit groupe des récolteurs et fila le long de la branche-mère. Elle connaissait par cœur leurs réactions, leurs discours. Ils étaient gouvernés par les mêmes peurs que leurs parents, que leurs ancêtres. Pour eux, le destin du peuple sapien était une fois pour toutes gravé dans le cœur du tronc-père : récolter la sève, servir les dieux, craindre le grand-prêtre, prendre mari ou femme, procréer, s'effacer après une vie de labeur et de résignation…

Un avenir désespérant.

Elle gagna la cité par un réseau de branches-filles qu'elle parcourut à vive allure, sautant de l'une à l'autre avec une agilité développée par des années de pratique.

Le vieil Ilpo se livrait à son jeu favori : traquer un scarabée imprudent avec une statuette qui représentait grossièrement un monstre. Il n'avait pas entendu entrer Kaena par la porte de sa hutte, restée entrouverte. Considéré comme un fou ou un idiot, il vivait à l'écart de la cité du Milieu, au cœur d'un enchevêtrement de branches surplombant les habitations d'un quartier excentré. Il marmonnait, dans sa barbiche clairsemée, des paroles la plupart du temps incompréhensibles. Un accident l'avait laissé borgne, boiteux, et lui avait dérangé l'esprit. Des anciens prétendaient qu'il s'était aventuré sous la Mer des nuages et qu'il en était revenu brisé, presque détruit.

Elaïm, le grand-prêtre, se gardait bien de démentir ce genre de rumeur : elle renforçait l'idée que les hommes et les femmes du peuple sapien couraient un danger mortel à s'aventurer hors des limites fixées par les lois divines.

—Pas bouger… surtout pas bouger, petit volant ! Ou monstre te trouver, monstre te manger…

Kaena interrompit le soliloque du vieil homme d'une pression sur l'épaule. La douceur de son geste n'empêcha pas Ilpo de tressaillir. Elle calma sa terreur d'un sourire, et lui tendit le rogne bien mûr qu'elle avait cueilli à son intention.

—Il n'y en a presque plus. Nous devrons bientôt nous contenter des verdaxes. Et encore ! Il faudra trouver de quoi les nourrir...

Ilpo émit un petit gloussement de remerciement et, d'un coup de dent énergique, arracha une grosse bouchée du fruit. L'amertume de la chair blanche lui plissa les yeux et accentua son air d'enfant vieilli prématurément.

Il pointa un index interrogateur sur la blessure à l'épaule de Kaena. Elle passa furtivement la main sur la plaie, recouverte maintenant d'une légère croûte brune.

—Bah, une rencontre avec un grand sharken...

—Trop loin cité, Kaena ! gronda le vieil homme d'une voix chevrotante. Trop près Grand Néant.

Kaena réussit à dégager un tabouret dans l'invraisemblable capharnaüm régnant sur la hutte d'Ilpo. Elle s'assit et s'abîma pendant quelques instants dans ses pensées.

—Les volants n'ont pas peur du Grand Néant, eux, reprit-elle d'une voix songeuse. Plumeux, insectes, sharkens, ils plongent tous dans la Mer des nuages.

Ilpo renversa le scarabée sur sa carapace et l'écrasa d'un coup de statuette. L'insecte émit un bourdonnement d'agonie, puis ses petites pattes noires cessèrent de s'agiter.

—Lui bouger, lui cassé ! Kaena, pas descendre ! Pas descendre ! Cassée ! Jamais revenir !

—Tu en es bien revenu, toi ! Tu ne veux pas me raconter ce qui t'est arrivé ? Ce que tu as vu ?

Seul un gémissement plaintif s'échappa de la gorge du vieil homme. Il secoua la tête comme pour se débarrasser de souvenirs encombrants. Kaena n'insista pas : les mots ne pouvaient pas traduire certaines peurs, certaines douleurs. Bien qu'enveloppé dans la peau de verdaxe, l'objet coupant lui irritait le creux de la hanche et le pli de l'aine. Elle le tira de la ceinture de son pagne, le posa sur la table à côté du scarabée mort et le dégagea de son emballage.

—Ce n'est pas le sharken qui m'a blessée, mais ce… cette chose. Je l'ai trouvée en bas.

Devant le silence d'Ilpo, Kaena releva la tête. Les doigts écartés devant son visage, le vieil homme avait lâché le fruit et reculait jusqu'à la cloison de la hutte. Ses yeux exorbités restaient rivés sur l'objet marbré de sang séché, comme si, malgré sa terreur presque palpable, ils ne pouvaient s'en détacher. Des tremblements le secouaient de la tête aux pieds, agitaient ses cheveux, sa barbe, son corps osseux, son pagne en lambeaux.

—Ça… Mé… métal… Partout, partout…

—Tu as déjà vu ce genre de matière ? Où ? De l'autre côté de la Mer des nuages ?

Les questions de Kaena ne faisaient qu'aviver la terreur d'Ilpo. Elle s'empara de l'objet, contourna la table et s'avança vers le vieil homme. Il s'accroupit et se mit à gémir.

—Qui t'a donné le nom de cette chose ?

—Ilpo tomber, tomber… Verdaxe volant rattraper Ilpo.

Kaena s'agenouilla à ses côtés et, avec une grande douceur, lui saisit l'avant-bras.

—Un verdaxe volant ? Tu en es sûr ?

—Verdaxe porter Ilpo… Homme… Pas vrai homme… Mauvais… Lumière bleue, trop forte, mal aux yeux, mal aux yeux…

Kaena se releva, comme propulsée par une branche flexible. Elle faucha le tabouret dans son mouvement.

—Une lumière bleue ? Tu as vu une boule de lumière bleue dans le Grand Néant ?

Entre ses doigts, Ilpo leva un regard à la fois complice et craintif sur son interlocutrice.

—Lumière bleue… Homme pas homme… Le bas, en haut, le haut, en bas, murmura-t-il avec un sourire qui dévoila ses rares dents branlantes.

Kaena eut un geste d'agacement. Le vieil homme se recroquevilla un peu plus contre la cloison.

—Je ne comprends rien. Rien ! Essaie encore, Ilpo !

Ilpo hocha la tête et se concentra. L'effort lui creusa les rides, lui gonfla les veines des tempes, mais il ne parvint à cracher qu'un torrent incohérent, incompréhensible.

Le son prolongé et grave de la trompe de cérémonie l'interrompit. Il sauta sur ses jambes avec une vivacité surprenante pour un homme de son âge et saisit le bâton noueux appuyé contre la table.

—Partir, vite ! Offrande !

Kaena le considéra avec une compassion mêlée de colère. Il avait accompli ce qu'aucun autre homme du peuple sapien n'avait accompli : il avait affronté le Grand Néant. Il en était revenu brisé, « cassé » comme il le disait lui-même. Il demeurait incapable de transcrire son expérience par la parole, mais, mieux que les mots, les sévices qu'il infligeait régulièrement aux insectes traduisaient toute la violence de son traumatisme. Il sortit de la hutte et s'éloigna dans les branches avec une agilité que bon nombre de jeunes auraient pu lui envier.

3
La cérémonie de l'offrande

Frères bien-aimés, la sève nous a été offerte, et voici qu'elle nous est retirée. Pourquoi les dieux nous reprennent-ils ce qu'ils nous ont donné ? Les dieux ont-ils décidé de faire notre malheur ? Les dieux ont-ils fermé leurs cœurs à nos souffrances, à nos suppliques ?

Du haut de l'escalier qui menait au temple de la sève, Elaïm dominait l'assemblée des fidèles réunis sur la grande place de la cité du Milieu. La brise jouait dans son interminable chevelure noire. Ses yeux sombres brillaient de fièvre entre les angles et les arêtes de son visage émacié. Son ample robe de cérémonie se déployait comme des ailes sous ses bras écartés. Il avait fini par ressembler aux sculptures effrayantes de la façade du temple.

Les hommes, les femmes et les enfants du peuple sapien avaient tous interrompu leur tâche pour assister à la cérémonie de l'offrande. Des huttes plus ou moins hautes, plus ou moins enchevêtrées, cernaient le temple dressé sur l'immense branche-mère. Le dernier tremblement d'Axis avait endommagé un grand nombre d'entre elles, mais on ne les avait pas encore rafistolées. L'odeur de sève se faisait enivrante, presque suffocante.

Kaena se tenait en compagnie d'un groupe d'enfants à la périphérie de la place. Quelques instants plus tôt, les hommes avaient déversé le produit de leurs récoltes dans les canaux suspendus. Le précieux liquide s'était écoulé dans un bruissement de source, emplissant peu à peu le calice divin posé sur un socle au pied de l'escalier. Une potence équipée d'une poulie et d'une corde avait été amenée au-dessus du grand récipient. À côté s'élevait, telle une ombre protectrice, l'excroissance du Puits des dieux, un nœud creux d'Axis tellement rainuré et torturé qu'il semblait plus âgé que la plus ancienne des branches-mères.

Les enfants n'écoutaient pas le grand-prêtre. Ils tournaient fébrilement les pages du carnet de Kaena et accompagnaient chaque dessin d'exclamations étouffées. Ils découvraient des animaux, des plantes et des paysages qu'ils ne connaissaient pas. Grâce à elle, ils se rendaient compte qu'Axis, leur monde, ne se réduisait pas aux limites de leur cité.

Elle leur avait fait promettre, avant de leur confier son carnet, de garder jalousement le secret : « N'en parlez à personne. Surtout pas à vos parents. Ils seraient les premiers à prévenir le grand-prêtre. » Ils avaient juré d'autant plus volontiers qu'eux-mêmes n'appréciaient pas l'attitude autoritaire et les sermons d'Elaïm.

—Les dieux nous mettent à l'épreuve, mes frères, clamait le grand-prêtre. Les dieux éprouvent notre foi. La sève, notre sang, notre souffle vital, ne nous sera pas rendue si le doute germe dans nos esprits. Nos souffrances se prolongeront si nous cessons de croire. En vérité, qui nous a donné la vie ? Qui nous protège du Grand Néant ? Qui nous ouvrira les portes du repos et de la béatitude éternels ?

—Les dieux ! clamèrent des centaines de voix.

—En qui devons-nous placer notre confiance ? Qui devons-nous servir jusqu'à la mort, jusqu'à la Transfiguration dans la sève ?

—Les dieux !

Quelqu'un tira Kaena par un pan de son pagne. Elle se retourna et découvrit, reconnaissable entre toutes, la bouille ronde d'Essy, le jeune frère de Zehos. Il s'était frayé un chemin au milieu de la foule, s'attirant des regards et des gestes réprobateurs.

—Il a parlé, Kaena, je l'ai entendu ! Le verdaxe que j'ai capturé, il a parlé, je te jure, mais il s'est sauvé !

Les mots se bousculaient dans sa bouche. D'une mimique, Kaena l'incita à se calmer, à remettre de l'ordre dans ses pensées, puis elle le prit par la main et l'entraîna à l'écart.

Les autres enfants se ruèrent dans leur sillage. Ayant parfaitement entendu Essy, ils se moquaient déjà à mi-voix du frère de Zehos, réputé pour ses vantardises et ses mensonges. Ils se faufilèrent entre deux huttes et s'installèrent sur une branche-fille d'où ils avaient une vue d'ensemble de la place.

Essy désigna les autres enfants avec une moue boudeuse.

—Ils ne me croient pas. Personne ne me croit jamais !

—Est-ce qu'il a aussi chanté, ton verdaxe ? demanda une fille.

—Il t'a supplié de ne pas le manger ? ajouta une autre.

Les verdaxes, de grands vers aux yeux inexpressifs, passaient pour les créatures les plus stupides d'Axis. Comme ils étaient également les plus abondants, les plus faciles à capturer et à élever, ils constituaient la nourriture principale du peuple du Milieu. Ils étaient d'une longueur moyenne de deux à trois pas — jusqu'à cinq pour les plus grands — et d'une hauteur d'un demi-homme ; on les faisait rôtir entiers à la broche, ou griller en petits morceaux sur un lit de braises. On relevait leur chair fade avec des feuilles et des fleurs odoriférantes. Une partie de leur graisse était utilisée comme onguents ou comme enduits de protection. Leur peau, translucide, servait à la confection des vêtements, des chaussures et des voilages.

Un verdaxe parlant ! Essy aurait pu inventer une histoire plus crédible ! Kaena interrompit les gloussements des enfants d'un geste du bras.

—Et s'il parlait vraiment ? Ne vous moquez pas trop vite : parfois, les choses paraissent incroyables, et pourtant elles sont vraies. Rendez-moi mon carnet, maintenant.

Un garçon ébouriffé le lui tendit avec un petit rire étranglé. La chaleur familière de la couverture d'écorce irradia sa hanche quand elle l'eut glissée dans son pagne.

Le silence était retombé sur la place. Elaïm descendit les marches de l'escalier et, d'un geste solennel, ordonna l'offrande de la sève. Une dizaine d'hommes s'arc-boutèrent sur la corde enroulée autour de la poulie. Le calice s'éleva dans un concert de grincements et d'ahanements, se rapprocha peu à peu de l'orifice dentelé du Puits des dieux.

—Frères, voici la sève qui coule dans les veines d'Axis, la sève qui coule dans les veines des dieux ! vociféra Elaïm. Voici notre offrande, le fruit de notre labeur. Loués soient les dieux.

—Loués soient les dieux, psalmodia la foule.

—Que monte l'offrande vers le Puits des dieux.

Le calice eut à peine atteint le sommet de l'excroissance qu'un arc ambré et scintillant se forma entre le récipient et l'ouverture du puits. Nul besoin de renverser le calice : la bouche sombre en aspirait le contenu avec une puissance irrésistible, une impression d'avidité accentuée par le grondement sourd qui montait des entailles d'Axis.

Le transfert de la sève dans le Puits des dieux soulevait toujours la même réaction chez Kaena : une fascination rapidement fissurée par la suspicion. Une petite voix lui murmurait que l'aspect miraculeux de ce phénomène cachait des réalités nettement moins merveilleuses.

Le peuple sapien, lui, restait épargné par les doutes. Suspendus aux gestes du grand-prêtre, les hommes et les femmes de l'assistance entonnaient le chant de grâces avec toute l'ardeur de leur foi. L'hymne proclamait qu'une existence consacrée au service des dieux ouvrait les portes d'une éternité de délices.

Une vie de labeur contre la promesse de lendemains enchanteurs...

Le marché ne convenait pas à Kaena. Le bonheur, elle le pressentait, ne dépendait pas de dieux inaccessibles et cruels. Il se terrait quelque part dans le labyrinthe végétal d'Axis, dans les mystères du Grand Néant, dans le cœur et l'esprit de chacun. Le bonheur n'était pas une chimère agitée par un grand-prêtre à l'autorité blessante, il se donnait à ceux qui le cherchaient.

Forte de ses nouvelles résolutions, Kaena se releva. Elle croisa le regard fiévreux d'Elaïm, perché comme un grand sharken sur les marches du temple. C'était à cause de lui qu'elle avait perdu tout ce temps. Même si elle avait quitté la hutte du grand-prêtre à l'âge de treize ans pour s'installer dans l'habitation délabrée héritée de ses parents, elle était restée prisonnière de son sentiment de gratitude, elle n'avait pas voulu lui déplaire.

Les derniers liens s'effilochaient désormais. Elle ne lui devait rien : il ne l'avait pas recueillie par pure bonté d'âme, mais dans l'espoir secret d'en faire son héritière ou, pire, son épouse.

Soudain, un tremblement violent agita Axis. Une pluie d'écorce, de mousse et de brindilles dégringola sur la cité. Les hurlements d'effroi se mêlèrent au fracas des branches brisées.

Une deuxième secousse, plus importante, entraîna la chute d'une fourche voisine et d'une dizaine de huttes. Kaena crut que, cette fois, la fin de son monde était arrivée.

4
L'affrontement

La panique se répandit dans la foule à la vitesse d'un feu de brindilles. Axis fut encore pris de frissonnements. Des fissures coururent sur la branche-mère principale de la cité, s'élargirent, engloutirent plusieurs huttes. Le calice divin se balançait au bout de la corde dans un mouvement qui allait s'amplifiant.

La terreur des enfants, regroupés autour de Kaena, se nichait tout entière dans leurs yeux. Les crevasses progressaient sans cohérence apparente, arrachant des plaques entières à la branche-mère.

—Nous sommes perdus ! hurla une femme.

—Nous allons tomber dans le Grand Néant ! glapit un homme.

—Que les dieux nous prennent en pitié !

Elaïm gravit quatre à quatre les marches du temple. Une fois sur le parvis, il se dressa de toute sa hauteur, étendit les bras et déclara d'une voix forte :

—C'est le signe, frères. Les dieux, les dieux

mettent votre foi à l'épreuve. Si nous croyons en eux, ils nous épargneront ! L'instant est venu de montrer votre confiance ! Cessez de fuir, cessez de gémir ! Vos vies, nos vies sont entre leurs mains. Pourquoi aurions-nous peur ? De quoi aurions-nous peur ? Chantons l'hymne de grâces.

Galvanisés par la voix du grand-prêtre, la plupart des fidèles cessèrent de s'agiter, s'agenouillèrent et reprirent le chant de l'offrande interrompu quelques instants plus tôt. Des crevasses s'élargirent, happèrent de nouvelles habitations, des corps gesticulants.

Kaena se retrouva plusieurs années en arrière. Elle revit son père et sa mère courir dans sa direction, elle les revit basculer, briser un filet de ramilles, s'abîmer dans le vide. Leurs visages déformés par la terreur et le désespoir étaient les dernières images qu'elle gardait d'eux.

Les fidèles agenouillés avaient la tête baissée et les yeux clos. Cette attitude, en principe destinée à démontrer leur foi, leur permettait surtout de ne pas regarder le spectacle effrayant. La place, la cité tout entière semblaient sur le point de s'effondrer. Les lézardes continuaient de s'étirer, de se creuser, de fendre l'écorce et le bois de la branche-mère. Aux craquements des huttes démantelées s'associaient les hurlements déchirants des hommes et des femmes dévorés par les bouches rampantes de l'abîme. Le chant de l'offrande n'était plus qu'un murmure craintif, étouffé.

Serrés autour de Kaena, les enfants enfonçaient leurs ongles dans ses cuisses, dans ses flancs. Leur confiance en elle la bouleversa. Ils n'étaient pas encore prisonniers de croyances absurdes. Pour eux au moins, elle se devait de chercher d'autres solutions, d'ouvrir de nouvelles portes.

Une statue se détacha de la façade du temple et s'affaissa tout près du grand-prêtre. Elaïm sursauta, s'assura d'un coup d'œil furtif que personne ne l'observait et se précipita vers l'entrée encore intacte du bâtiment. À peine eut-il disparu dans la pénombre que d'autres statues se décrochèrent et roulèrent sur le parvis, suivies de près par des pans entiers de la structure. La potence oscilla, menaça de s'affaisser sur les rangs de fidèles les plus proches.

Aussi soudainement qu'il s'était déclenché, le tremblement s'interrompit, et un silence abasourdi s'abattit sur la cité du Milieu.

Kaena repoussa les enfants, sauta de la branche et courut vers le parvis du temple. La voix haut perchée d'Essy lui cria quelques mots auxquels elle ne prêta pas attention. Elle louvoya entre les crevasses, entre les débris de bois et d'écorce, entre les hommes et les femmes hébétés. Elle n'avait rien perdu du manège d'Elaïm, et la colère s'était propagée en elle comme un feu dévorant.

Une main la saisit par le bras au moment où elle se lançait sur les marches.

—Kaena…

C'était une supplique davantage qu'un ordre. Elle sut instantanément à qui appartenait cette voix.

—Laisse-moi, Zehos. Va t'occuper de ton troupeau de verdaxes. J'ai un vieux compte à régler.

Zehos la contraignit à se retourner en resserrant sa prise. Malgré la douleur qu'il lui infligeait, elle admira sa prestance. L'ami d'enfance, l'adolescent chétif, timide, était maintenant un homme au visage et au corps harmonieux.

—J'ai l'impression que tu vas faire une bêtise, Kaena.

Les larmes aux yeux, elle se contorsionna pour essayer de se libérer.

—Le gardien exige la confiance de son troupeau, cracha-t-elle. Mais lui, il se défile à la première occasion !

—Comment oses-tu juger un homme qui parle aux dieux ?

—Les dieux ! Ils se fichent pas mal de lui ! Ils se fichent pas mal de nous !

—Ne blasphème pas.

—Elle a raison, intervint une voix haut perchée. Ils ont même détruit le temple !

Essy les avait rejoints au pied de l'escalier. Zehos lui lança un coup d'œil courroucé.

—Ne te mêle pas de ça, Essy ! Va plutôt réparer l'enclos des verdaxes.

—Mais…

—File !

Kaena exploita le léger relâchement de Zehos

pour lui échapper. Elle gravit les marches quatre à quatre et se rua vers l'entrée du temple. Elle eut besoin d'un petit moment pour s'accoutumer à l'obscurité profonde de la première salle. Des odeurs de sève et de moisissures lui agressèrent les narines et la gorge. Elle discerna les lignes grises et courbes d'une margelle, sans doute le Bassin des révélations dont lui avait parlé Elaïm.

—De quel droit oses-tu t'introduire dans cet endroit, Kaena ? Seuls les grands-prêtres y sont autorisés.

Elaïm s'extirpa du large repli d'écorce sous lequel il s'était abrité. Il remit de l'ordre dans sa tenue, dans sa chevelure, se drapa dans sa dignité et toisa Kaena de toute sa hauteur, une grimace plaquée sur les lèvres en guise de sourire.

—Et toi, de quel droit exiges-tu la confiance de ton peuple ? répliqua-t-elle. Tu t'es enfui comme un lâche quand la première statue est tombée.

—Sors d'ici : ta présence risque d'offenser les dieux. Nous reparlerons de tout cela quand tu seras calmée.

—Mes parents n'ont pas couru parce qu'ils avaient peur, mais parce qu'ils voulaient me secourir, me protéger. Tu as pourtant sali leur mémoire, tu les as traités d'indignes, d'impurs. Toi, quelle raison avais-tu de t'enfuir ? Tu n'as donc pas foi dans tes dieux ?

—J'ai entendu leurs voix. Ils m'ont guidé, ils m'ont sauvé.

—Pourquoi n'ont-ils pas sauvé mon père et ma mère ? Pourquoi n'ont-ils pas sauvé tous ceux qui sont tombés dans le Grand Néant ?

La tête penchée sur le côté, Elaïm marqua un petit temps de silence avant de répondre.

—Tes parents n'avaient pas la foi. Ils sont restés sourds aux…

—Ce sont tes dieux qui sont sourds !

Le grand-prêtre se détourna, incapable de soutenir le regard flamboyant de Kaena. La lumière du jour s'invitait par la porte entrouverte, écartait la pénombre, révélait un sol jonché de débris d'écorce et de bois.

—Ils n'existent pas ! poursuivit Kaena d'une voix tremblante de colère contenue. De véritables dieux ne traiteraient pas leurs créatures avec une telle cruauté.

—Il y a deux façons de réagir aux épreuves, Kaena : se rapprocher des dieux ou perdre le chemin de la foi. Malgré mes prières, tu as choisi la seconde solution. J'avais de grands espoirs en toi, je t'ai élevée comme ma propre fille, je pensais que tu deviendrais celle qui… celle qui…

Elaïm soupira et se retourna. Son visage restait impassible, mais ses yeux sombres exprimaient une profonde tristesse.

—Et puis, comme tes parents, tu t'es détournée du chemin, reprit-il. Tu as prêté l'oreille à ces légendes misérables qui parlent de mondes et d'êtres illusoires, tu as gaspillé ton temps en rêveries et en explorations inutiles, tu as montré aux enfants ces dessins absurdes…

Il observa la réaction de surprise de Kaena avant de continuer.

—Tu croyais sans doute que j'ignorais l'existence de tes carnets ? Ces créatures et ces lieux imaginaires…

—Imaginaires ? Je les ai vus ! De mes propres yeux ! Tout près de la Mer des nuages ! Leur existence est réelle, pas comme tes dieux ! Et puis, je… j'ai… entendu un murmure, comme un appel, j'ai eu la vision d'une boule de lumière bleue.

Un sourire hideux se dessina sur les lèvres fines du grand-prêtre.

—Tu veux donc finir comme ce pauvre Ilpo ? Tu commences à parler comme lui. À délirer comme lui. Il a cherché à voir ce qu'il y avait de l'autre côté de la brume, il a lâché la proie pour l'ombre, il est devenu fou. Il n'y a rien en bas, rien sous la Mer des nuages, rien d'autre que des illusions, rien d'autre que les terribles gardiens, rien d'autre que le Grand Néant.

Kaena tira rageusement sa nouvelle arme de la ceinture de son pagne et la dégagea de son enveloppe de peau de verdaxe.

—Et ça ?

Elle bougea la main. Un rayon de lumière se réfléchit sur la matière lisse et frappa le front d'Elaïm.

—Cette matière est plus dure que la lame de sève

la plus dure, dit Kaena. D'où vient-elle à ton avis ? De mon imagination ?

Le grand-prêtre eut un mouvement de recul, comme effrayé par les miroitements de l'objet taché de sang.

—En tout cas, celui qui l'a fabriquée et perdue dans la Mer des nuages ne craignait sûrement pas tes dieux !

—Ne... ne les provoque pas ! gronda le prêtre. Et donne-moi cette chose. Ce n'est sans doute qu'un bout d'écorce un peu plus...

Il se précipita sur Kaena avant d'avoir achevé sa phrase. Dans le même mouvement, il lança ses deux mains vers l'objet et s'en saisit. Elle eut le réflexe de replier les doigts autour de la matière tranchante et de la ramener vers elle tout en s'arcboutant sur ses jambes. Surpris, Elaïm n'eut pas le temps d'assurer sa prise. L'objet lui glissa entre les doigts et lui entailla profondément les paumes. Il poussa un hurlement de douleur, grimaça et contempla, hébété, ses mains ruisselantes de sang.

—Tu... tu as essayé de me tuer !

—Non, non ! protesta Kaena. Je voulais seulement...

—Folle ! Tu es folle ! Tu violes les lois divines ! C'est à cause de toi que les dieux manifestent leur colère ! Tu es devenue un danger pour la cité ! Nous avons eu trop de patience avec toi. Nous devons... je dois maintenant t'empêcher de nuire !

Les yeux exorbités, la bouche tordue par un rictus, Elaïm leva ses mains ensanglantées sur Kaena. Elle comprit que les paroles ne servaient plus à rien. Elle avisa un petit banc renversé à ses pieds, le saisit par un pied et le lança de toutes ses forces sur le grand-prêtre. Elle ne chercha pas à savoir si elle avait atteint sa cible, elle pivota sur elle-même et sortit du temple en courant. Elle traversa le parvis au jugé, à demi aveuglée par la lumière du jour, dévala l'escalier et fendit un premier groupe d'hommes et de femmes parmi lesquels elle crut reconnaître la haute silhouette de Zehos.

Elle avait atteint le centre de la place quand la voix d'Elaïm retentit derrière elle, puissante, menaçante.

—Rattrapez-la ! Les dieux me l'ont dit : c'est elle la coupable de nos malheurs, elle qui provoque leur colère !

Un bref regard par-dessus son épaule lui apprit que des hommes accouraient de divers coins de la place pour lui bloquer le passage. Elle accéléra l'allure, enjamba les débris éparpillés sur la branche-mère, franchit une large crevasse d'un bond, feignit de foncer tout droit, bifurqua, s'engouffra entre les huttes et grimpa sur la branche-fille où elle s'était réfugiée quelques instants plus tôt en compagnie des enfants.

Hormis Essy, ils étaient restés sur leur refuge, silhouettes brunes et resserrées en grappe. Ils n'esquissèrent aucun geste pour empêcher Kaena de passer. Elle crut entrevoir des lueurs d'encouragement dans leurs yeux. Elle fila avec la légèreté d'une ombre sur la branche, puis, aiguillonnée par les cris de ses poursuivants, s'évanouit dans la végétation.

Elle pleura jusqu'à la tombée de la nuit, allongée sur l'épais réseau de rameaux qui surplombait la brume. Elle avait semé ses poursuivants sans aucune difficulté. Dans les frondaisons d'Axis, sa souplesse et son adresse lui donnaient un gros avantage sur les autres Sapiens, y compris les récolteurs. Il lui avait ensuite suffi de se laisser glisser dans le passage secret pour descendre jusqu'à la Mer des nuages. Personne d'autre ne s'aventurait à ces profondeurs.

Elle essuya ses joues d'un revers de main, souleva l'objet posé sur son ventre et l'examina. Ainsi, c'était cette lame qui avait tranché ses derniers liens avec Elaïm et le peuple sapien. Elle était seule désormais, seule avec son désarroi, seule avec ses souvenirs, seule avec ses frayeurs. Plus rien ne la retenait dans la cité du Milieu.

Plus rien, excepté les enfants.

Excepté le sourire de Zehos.

Il avait jadis surmonté ses terreurs pour l'accompagner dans ses expéditions. Ils s'étaient juré de partir un jour à la découverte des mystères cachés sous les nuages. Ils ne savaient pas alors que les promesses d'enfants s'envolaient aux premiers vents comme les brins de mousse.

—Tu n'as pas pu t'en empêcher, hein ?

Elle tressaillit. La voix, grave, avait surgi juste au-dessus d'elle. Elle repéra une branche basse à demi cachée par la brume et se tint prête à sauter. Elle se détendit lorsque le visage de son ancien compagnon de jeu se découpa dans l'obscurité, éclairé par la flamme dansante d'une lanterne.

—Je savais que je te trouverais là…

Le large sourire de Zehos ne parvenait pas à masquer son inquiétude. Submergée par une vague de joie, Kaena reposa sa nouvelle arme sur l'enchevêtrement des ramilles, se releva et se jeta dans ses bras. Il demeura pétrifié pendant quelques instants. Une bourrasque faillit éteindre la flamme de la lanterne pendue au bout de son bras ballant.

—Je… nous étions encore des enfants la dernière fois que je suis descendu ici, bredouilla-t-il.

—Nous ne sommes plus des enfants.

—Pourquoi ne m'as-tu pas écouté ? Je savais que tu allais faire une bêtise.

—Je n'ai pas voulu tuer Elaïm, je te le jure. Je lui ai montré l'objet que j'ai trouvé dans la Mer des nuages, il a essayé de me le prendre, j'ai résisté…

Les larmes vinrent à nouveau aux yeux de Kaena, dont la voix s'étrangla.

—Tu me crois, Zehos ?

Il accrocha la lanterne à une branche, lui passa un bras autour des épaules et la serra contre lui. Des torcouleurs et d'autres insectes surgirent de la nuit et se déployèrent comme une nuée d'étincelles dans le halo de lumière.

—Bien sûr que je te crois, mais tu es entrée dans le temple, tu l'as blessé, tu as défié publiquement son autorité, et ça, il ne te le pardonnera pas. Le mieux est que tu restes cachée ici jusqu'à ce que les choses se tassent. Je parlerai au grand-prêtre. Je suis certain qu'il t'autorisera à revenir dans la cité.

Kaena se recula et fixa Zehos d'un air farouche.

—Je ne reviendrai pas. Jamais. Je préfère encore disparaître dans le Grand Néant.

—Et moi, je ne te laisserai pas commettre une autre bêtise ! Il est temps de grandir, Kaena, d'oublier tes rêves de gosse. Tu te souviens des défis que nous nous lancions : lequel de nous deux oserait s'aventurer le plus loin possible de la cité ?

—Je gagnais tout le temps !

—Je te laissais gagner…

L'expression outrée de Kaena alluma une lueur d'amusement dans les yeux de Zehos.

—Bon, d'accord, tu étais plus courageuse que moi, admit-il. Tu n'as jamais eu peur ?

—Si, mais je ne voulais pas te le montrer. Et puis, je savais qu'Axis me guiderait sur le chemin du retour.

—Tu croyais… tu crois toujours qu'Axis est vivant, n'est-ce pas ?

—J'entends sa voix, son murmure… il m'appelle, je vois une lumière bleue de l'autre côté des nuages.

—Nous ne sommes plus des enfants, c'est toi qui l'as dit.

Kaena se détacha de Zehos, ramassa sa nouvelle

arme et commença à descendre de branche en branche. Sous elle, au loin, les lueurs ténues des éclairs effleuraient la surface agitée de la Mer des nuages.

—C'est vrai que nous sommes grands maintenant ! cria-t-elle. C'est vrai que nous sommes condamnés à obéir au grand-prêtre, à servir des dieux injustes !

—Il faut bien récolter la sève, nourrir les enfants, fabriquer les outils, réparer les maisons, plaida Zehos.

—Où est passé le garçon qui brûlait de découvrir son monde ? Qu'est devenu le garçon qui me faisait rire et chanter ? Je ne partagerai jamais l'existence d'un homme résigné. D'un triste éleveur de gros vers stupides !

Zehos décrocha la lanterne et dévala à son tour les branches, avec beaucoup moins de souplesse et de grâce que Kaena. Les éclairs et les grondements réveillaient en lui des frayeurs anciennes, insurmontables.

—Nous ne pouvons pas vivre sans manger, tu entends ? hurla-t-il. Et puis, je dois m'occuper de mon petit frère. Moi, je n'ai pas le temps de…

—… de rêver, c'est ça ?

Kaena s'immobilisa pour observer les tourbillons de la Mer des nuages. De puissants coups de tonnerre ébranlaient les ténèbres, les éclairs transperçaient la brume et révélaient la complexité foisonnante des ramures d'Axis.

Elle entendit un craquement derrière elle. Épouvanté, haletant, Zehos s'agrippait de toutes ses forces à un rameau flexible. La clarté vacillante de sa lanterne soulignait la crispation et la pâleur de ses traits. Il paraissait incapable de franchir un pas supplémentaire.

À cet instant, un voile se déchira dans l'esprit de Kaena, et sa décision se fit claire, irrévocable. Elle remonta près de Zehos et lui pressa l'avant-bras avec toute la tendresse dont elle était capable.

—Retourne dans la cité, Zehos, tu dois t'occuper d'Essy.

Elle refoula ses larmes, puis, après avoir adressé un dernier sourire à son ancien compagnon de jeu, elle se détourna et s'enfonça d'une allure résolue dans les tourbillons nuageux. Elle eut l'impression qu'une ombre la suivait entre les frondaisons et crut percevoir, entre les grondements d'orage, un murmure de désolation apporté par le vent.

5
Dans la Mer des nuages

L'humidité et la violence du vent rendaient la descente de plus en plus périlleuse. Aveuglée par les éclairs, Kaena progressait désormais avec une lenteur décourageante. Les bourrasques incessantes la contraignaient à s'agripper fermement aux branches. Les nuages étaient par endroits si épais qu'elle ne voyait rien à plus de trois pas devant clle. Elle repoussait régulièrement la tentation de rebrousser chemin, de regagner les hauteurs rassurantes de la cité du Milieu.

Elle refusait de revenir en arrière. Pas seulement parce que Elaïm l'avait condamnée à mort, mais parce qu'elle ne pourrait plus, si elle renonçait, soutenir le regard des enfants.

Elle avait pleuré un bon moment après avoir quitté Zehos. À deux, l'épreuvc aurait été moins pénible, moins effrayante. Pourquoi avait-il refusé de la suivre ? La terreur ne suffisait pas à expliquer son attitude. Il avait un fond de courage malgré ses faiblesses, et puis, elle n'aurait jamais pu tomber amoureuse d'un lâche. Il prétendait qu'il devait s'occuper d'Essy, mais son petit frère se débrouillait très bien sans lui. Garçon téméraire, il aurait même encouragé son aîné à tenter l'aventure. Zehos restait seulement prisonnier des croyances, des lois et des peurs du peuple sapien. Il n'entendait pas l'appel d'Axis, il ne voyait pas la lumière bleue, et de cela elle n'avait pas le droit de lui tenir rigueur.

Les coups de tonnerre retentissaient dans la nuit comme les battements d'un cœur détraqué. Le froid hérissait la peau de Kaena et la mordait jusqu'aux os. Elle n'avait jamais affronté des conditions aussi dures : la température restait agréable et constante dans l'enceinte protégée de la cité du Milieu, où les seules intempéries étaient les brises et les pluies fines de la saison des eaux. Elle aurait donné une partie de sa vie et de ses rêves pour se retrouver dans la douce quiétude de la hutte familiale.

Elle grelottait. Le découragement la gagnait. Perdue dans l'immensité d'Axis, sans plus aucun point de repère où poser le regard, elle avait la détestable impression de tourner en rond. De temps à autre, elle s'arrêtait et tentait d'évaluer la distance parcourue, mais les ténèbres et les nuages se refermaient sur son passage et l'empêchaient de voir. Les rafales d'éclairs, loin de lui venir en aide, ne faisaient qu'accentuer sa confusion. L'appel envoûtant et la sphère de lumière bleue lui apparaissaient maintenant comme les vestiges d'un rêve absurde.

Elle avisa la bouche d'une grotte dans le nœud d'une branche-mère. Elle décida de s'y abriter en attendant la fin de l'orage. Une puanteur d'écorce pourrie empestait l'intérieur du refuge, mais, frigorifiée, démoralisée, Kaena s'y introduisit à tâtons et s'allongea. Elle finit par s'endormir malgré son désespoir, malgré les roulements de tonnerre et les craquements qui faisaient vibrer le sol.

À son réveil, des colonnes étincelantes tombaient entre les nuages, accrochés aux branches comme des lambeaux d'étoffe. Des bourdonnements d'insectes et des cris d'animaux brisaient le silence du petit matin.

Kaena sortit de son abri. Elle mourait de faim et de soif. Elle chercha des yeux le relief caractéristiquc d'unc gourdaquc. En vain.

Elle étira ses muscles engourdis, esquissa quclqucs pas sur la branchc-mèrc. Ellc aurait aimé, en cet instant, se dévêtir et plonger son corps dans une eau tiède, passer une éponge de mousse sur sa peau. Le confort de la cité du Milieu commençait déjà à lui manquer.

Stockée dans des citernes, l'eau restait un élément rare, précieux, mais Kaena se débrouillait pour prendre autant de bains qu'elle le désirait. Elle utilisait par exemple les réserves d'eau d'Ilpo, acheminées tous les cinq jours par les porteurs. Le vieil homme, qui avait une sainte horreur des ablutions, lui prêtait volontiers sa baignoire d'écorce séchée.

Elle se secoua. Si elle commençait à s'apitoyer sur elle-même, elle n'irait pas bien loin. Elle rassembla ses cheveux dénoués, les disciplina avec les deux épingles restantes et s'efforça d'établir le calme dans son esprit. Les bourdonnements, les cris, les frissonnements des ramilles et des feuilles s'estompèrent. Au bout de quelques instants, elle perçut un murmure à la fois familier et lointain. Comme toujours, elle eut l'impression qu'une voix l'appelait, qu'un fil intime se nouait entre l'arbre-monde et elle. Puis, presque simultanément, la boule de lumière bleue lui apparut et dissipa le désespoir et la fatigue de la nuit.

Régénérée, Kaena traversa la branche-mère, repéra les enchevêtrements des ramures sous les nuages et entama la descente avec son adresse habituelle.

Elle s'enfonça toute la journée dans la Mer des nuages, longeant le tronc-père sillonné par endroits de gigantesques crevasses. Tendue vers son but, elle ne prêta aucune attention aux ombres inquiétantes qui rôdaient autour d'elle.

Le paysage se modifiait à mesure qu'elle descendait. Les couleurs devenaient de plus en plus sombres et ternes. Elle traversait des zones désolées peuplées de grands volants au cou décharné et aux yeux morts.

Pas une seule goutte de sève ne suintait des multiples blessures de l'écorce. Les rares gourdaques qu'elle trouva, aux poches quasiment vides, ne suffirent pas à étancher sa soif. De même, elle ne trouva ni fruit ni verdaxe sauvage pour assouvir une faim maintenant dévorante.

Au crépuscule, elle avait parcouru une distance qu'aucun autre Sapien n'avait parcourue, et pourtant elle n'avait exploré qu'une parcelle infime d'Axis. La fatigue alourdissait ses muscles, rendait ses gestes hésitants. Une nouvelle vague de découragement monta en elle. Avec le soir se déposait une froidure vive, piquante. Il lui fallait un abri pour la nuit, mais ses recherches dans les enchevêtrements de branches nues et tordues ne donnèrent aucun résultat.

Un grondement prolongé perfora le silence crépusculaire. Kaena s'immobilisa, tous sens aux aguets : il semblait provenir de tous les endroits à la fois. La lumière agonisante du jour peinait désormais à traverser les nuages empourprés. Le sentiment de solitude la suffoqua. Elle repoussa comme elle le put un violent accès de panique et se remit en route. Ses mains et ses pieds glissaient sur les branches moisies, à demi dissimulées par l'obscurité naissante.

Exténuée, elle n'eut pas le réflexe de se raccrocher à une autre prise quand un rameau se brisa sous son poids. Elle bascula dans le vide, tomba comme une masse. Une toile serrée de fils résistants et gluants enraya sa chute. Allongée sur le côté, elle vit qu'elle surplombait un abîme empli de nuages. Une distance d'une dizaine de pas la séparait de la branche-fille la plus proche. Elle vérifia l'élasticité et la solidité des fils tendus sur le vide, se mit sur le ventre et commença à ramper.

Elle le repéra tout à coup, dans le coin droit de la toile : un gros insecte au corps rond, chitineux et sombre, aux interminables pattes velues. Ses yeux globuleux semblaient emplis de la noirceur de la nuit. Kaena contint un hurlement d'effroi, saisit son arme dans la ceinture de son pagne et la dégagea de son enveloppe de peau de verdaxe.

L'insecte s'avança avec une vélocité surprenante. De sa gueule béante gicla un jet puissant dont les premières gouttes se vaporisèrent tout près du visage de Kaena. L'odeur acide et l'aspect corrosif du liquide l'avertirent qu'elle était perdue si une seule gouttelette la touchait. Des formes pétrifiées jonchaient la toile, d'autres volants, petits ou grands, tous tombés dans le piège du prédateur.

Il avait refermé sa gueule et s'était à nouveau figé sur son fil. Impossible de deviner ses intentions dans ses yeux noirs. Des frissons parcoururent le corps de Kaena. Une tension presque douloureuse chassa sa fatigue, contracta ses muscles, accéléra les battements de son cœur.

L'insecte se remit en mouvement, rapide, silencieux. Sa gueule s'ouvrit et vomit un deuxième jet de poison. Kaena se jeta en arrière. Elle eut la sensation d'abandonner des lambeaux de peau sur les fils gluants. Les gouttes s'écrasèrent non loin de son épaule. Son adversaire avait maintenant besoin d'un petit moment pour reconstituer ses réserves de venin. Sans perdre un instant, elle brandit son arme et fondit sur lui. Il ne bougea pas, vidé de son énergie. Elle le frappa d'un mouvement tournant avec une telle force qu'il décolla et s'évanouit dans les ténèbres naissantes.

Kaena s'essuya le front d'un revers de main, puis, s'appliquant à garder son équilibre sur la toile instable, se dirigea tant bien que mal vers la branche-fille qu'elle avait repérée juste avant l'attaque du prédateur. Le grondement qui avait déchiré le crépuscule un peu plus tôt retentit une deuxième fois, mais beaucoup plus proche, et accompagné de craquements, de gargouillements, de bruits de mastication.

Inquiète, Kaena accéléra l'allure. Alors qu'elle se hissait sur la branche, deux pattes monstrueuses lui barrèrent le passage.

Elle leva les yeux et découvrit, dissimulée entre les ramures déchiquetées, une forme pâle et démesurée. Un nom lui vint instantanément à l'esprit : maraudeur !

Elle n'en avait jamais vu, mais la description qu'en donnaient les récits des anciens s'appliquait parfaitement au monstre perché au-dessus d'elle : pattes épaisses, peau rugueuse, crête démesurée et souple au sommet de la tête. Les légendes disaient qu'il ne fallait pas se fier à son allure pataude ni à sa lenteur apparente. Il pouvait se montrer plus vif que le plus vif des plumeux, plus souple que le plus souple des sinueux. Il était le gardien du Grand Néant, plus féroce que le plus féroce des sharkens.

Le maraudeur poussa un grondement assourdissant, souleva une patte et déchiqueta l'écorce de ses griffes. Son odeur fétide se diffusa dans l'obscurité. Il ne se montrait pas pressé, convaincu que sa proie ne pouvait pas lui échapper.

Kaena jeta un coup d'œil par-dessus son épaule. Aucune possibilité de fuite ne s'offrait à elle, et sa nouvelle arme se montrerait inutile face à un tel adversaire. Il existait une solution cependant, qui réclamait une entière confiance en Axis.

Elle prit sa décision malgré la terreur qui lui serrait la gorge et lui labourait le ventre. Elle s'accroupit sur la toile vacillante et, sans quitter le maraudeur des yeux, trancha plusieurs fils avec sa nouvelle arme.

Il passa à l'offensive dans un tapage soudain de craquements et de grognements. Ses griffes recourbées sifflèrent dans le vide : libérée par la déchirure de la toile, la proie promise avait disparu dans les ténèbres.

—Axis, Axis, protège-moi !

Le rugissement de dépit du monstre couvrit le hurlement de Kaena.

6
Créatures de cauchemar

Depuis combien de temps était-elle allongée sur ce lit de mousse sèche ? Il lui semblait parfois baigner dans une lumière vive et chaude, elle avait à d'autres moments l'impression de se débattre dans des ténèbres glaciales. Les pensées s'entrechoquaient sous son crâne, les sensations s'entremêlaient…

Une chute vertigineuse, une succession de coups cinglants, un choc brutal, une douleur intolérable à la cuisse…

Elle luttait pour garder les yeux ouverts, tracassée par un sentiment persistant de danger. Des ombres insaisissables la frôlaient, d'innombrables yeux brillants la cernaient.

Elle espérait se réveiller bientôt dans la hutte de ses parents. Entendre les cris et les rires de la cité du Milieu. Croiser les récolteurs en partance pour les branches pleines, les porteurs d'eau ployant sous leur fardeau. Bavarder avec les femmes qui tannaient les peaux de verdaxe. Saluer les anciens qui façonnaient les outils, les armes et les récipients avec de la sève presque sèche.

Elle n'aurait jamais cru que l'activité et la rumeur de la cité lui manqueraient à ce point. Elle avait baigné dans la chaleur des hommes, des femmes et des enfants de son peuple, elle avait partagé leurs peurs, leurs joies, leurs espoirs, et, même si elle se heurtait à l'hostilité de certains d'entre eux, des liens profonds l'unissaient aux autres Sapiens. Ils étaient tous, comme les branches d'Axis, rattachés au même tronc. L'éloignement n'avait pas tranché ces liens. Au contraire même, il les avait resserrés.

Un grondement et des craquements retentirent au-dessus d'elle.

Le maraudeur.

Il n'avait pas renoncé à sa proie. Guidé par son odorat, il s'était lancé à sa recherche et l'avait retrouvée. Kaena essaya de relever la tête et de contempler les environs. La douleur se réveilla en sursaut dans sa cuisse, se déploya en elle avec la violence d'un incendie. Elle faillit perdre connaissance.

Il ne fallait pas. Elle devait résister. Lutter.

Axis, aide-moi...

Avait-elle prononcé ces mots? Les avait-elle seulement pensés?

Une ombre au-dessus d'elle. Il ne s'agissait pas du maraudeur. Les maraudeurs ne volaient pas. Un gros insecte, plutôt. Précédé d'un bourdonnement menaçant, il se détachait de la nuit et s'approchait d'elle à grande vitesse.

Elle tenta encore une fois de se redresser. Elle y renonça. Le moindre de ses mouvements ravivait sa souffrance et la couvrait d'une sueur glacée. Quelque chose de dur, de coupant, était fiché en travers de sa cuisse. Un éclat de bois, sans doute. Elle eut la force de déplacer la main jusqu'à la ceinture de son pagne mais, lorsqu'elle voulut se saisir de sa nouvelle arme, elle se souvint qu'elle l'avait laissée échapper dans sa chute.

L'insecte planait maintenant juste au-dessus d'elle. Énorme. Elle eut un hoquet de surprise : ses ailes paraissaient faites de la même lumière que la boule bleue de ses visions. De la taille d'un verdaxe, recouvert d'une carapace miroitante, il observait sa proie offerte en agitant ses nombreuses pattes. Elle voulut l'effrayer en hurlant. Aucun son ne sortit de sa gorge. Elle avait perdu tant de sang qu'elle était peut-être déjà morte. Une nuée d'images, de souvenirs, se leva en elle. Elle aurait au moins essayé de changer le cours des choses. Elle n'emporterait qu'un regret : Zehos. Elle aurait aimé partager sa vie avec lui.

Elle ferma les yeux lorsque l'étrange insecte se posa sur elle dans un bourdonnement rageur. Des pattes se promenèrent sur sa peau, chaudes, presque agréables. Elle eut encore la vague sensation d'être soulevée, emportée, avant de perdre connaissance.

Une pensée immédiate lui vint lorsqu'elle se réveilla : elle était passée de l'autre côté, dans le paradis de délices promis par Elaïm aux serviteurs des dieux. Ou bien dans les mondes infernaux.

Une lumière intense lui agressait les yeux. Elle distingua, entre ses paupières mi-closes, des sortes de bras suspendus qui se levaient et s'abaissaient dans un bruissement à peine perceptible.

La douleur à sa cuisse s'était atténuée. Son corps baignait tout entier dans une inertie inquiétante. Ses muscles ne lui obéissaient pas, comme si la liaison s'était interrompue entre son esprit et son corps.

Des murmures se répondaient à des lieues et des lieues de distance. Ils se précisèrent peu à peu, devinrent des mots, des phrases, les bribes d'une conversation. Des silhouettes s'agitaient non loin d'elle. Elle essaya de les observer, mais le simple fait de concentrer son regard lui demandait un trop grand effort pour l'instant. Elle dénombra trois voix, deux aux timbres proches et vibrants, la dernière plus lointaine et grave.

Elle prit conscience que les deux voix aux timbres vibrants se disputaient à son sujet.

—… c'est un être primitif, Assad !

—Elle n'est pas primitive, Gomni ! Elle est beaucoup plus curieuse que ceux de son peuple. Elle n'a pas la même relation avec Axis que les autres. Elle ne croit pas aux dieux, elle fait confiance à son… intuition, est-ce le mot correct, maître ?

—Intuition ! Tu insultes les scientifiques que nous sommes, Assad ! Et d'abord, pourquoi la surveillais-tu ?

—J'exécutais les ordres du maître, Gomni !

J'étais en mission de surveillance du peuple sapien. Cette indigène a attiré mon attention. Je l'ai entendue parler d'une boule de lumière bleue.

Petit moment de silence, interrompu par la voix grave.

—Une boule de lumière bleue ? Tu es sûr ? Voilà qui est étrange…

—Allons, maître, ce n'est pas parce qu'elle est dotée d'une imagination délirante que…

—Et si… et si Vecanoï avait survécu à l'écrasement ?

—Rigoureusement impossible, maître ! Il ne reste rien du vaisseau, rien de Vecanoï. Seulement des bouts de métal éparpillés. Ceux-là même qui nous ont servi à construire votre nouvelle base.

—Elle aurait… imaginé Vecanoï ?

—Elle aura vu un œuf de volant ou de sinueux, maître. Un œuf bleu et brillant. Ou un quelconque fruit de la même couleur.

Kaena parvint à tourner légèrement la tête. Les formes se précisèrent dans son champ de vision. Le spectacle qu'elle découvrit la stupéfia : les deux voix aux timbres vibrants appartenaient à des… verdaxes ! Elle crut d'abord qu'elle avait perdu la raison, ou qu'elle errait dans un cauchemar persistant, puis elle se remémora la bouille ronde et butée d'Essy : « Le verdaxe que j'ai capturé, il a parlé, je te jure ! » Ceux-là avaient beau être équipés d'une sorte d'armure brillante et de segments articulés qu'ils utilisaient comme des pattes et des bras, ils étaient sans aucun doute de la même espèce que les verdaxes de l'enclos de Zehos et d'Essy.

—Le seul intérêt de cette primitive, maître, c'est de l'ouvrir de haut en bas. Qui sait ? Peut-être certains de ses organes sont-ils compatibles avec les vôtres ? Vous pourriez récupérer un peu de sa jeunesse, de sa vigueur.

—Et venger ainsi tous les verdaxes que les siens ont mangés, Gomni, n'est-ce pas ?

—Vous me prêtez des idées indignes d'un être intelligent, maître ! Je cherche seulement des solutions pour vous aider à lutter contre la vieillesse. Je vous suggère de l'inciser sans délai. Elle n'aura pas le temps de souffrir.

Le verdaxe qui venait de parler se dirigea vers une table couverte de points lumineux. Les nombreuses pattes de son armure claquèrent en cadence sur le sol lisse. Tout en marmonnant d'incompréhensibles phrases, il posa l'extrémité allongée de l'un de ses segments sur plusieurs points lumineux. Un bras mécanique se mit aussitôt en mouvement. Une lame jaillit avec un claquement sec au-dessus du visage de Kaena.

—Gomni ! Ne sois donc pas si stup…

Kaena n'entendit pas la fin de la phrase. La terreur lui avait rendu toute son énergie, toute sa combativité. Elle se redressa avec une telle soudaineté que le verdaxe se recula d'un bond. Par chance, aucune entrave ne la rivait à la table sur laquelle elle était allongée. On avait remplacé son bustier et son pagne par un vêtement blanc et léger, qui effleurait sa peau comme une brise de la saison des eaux. Elle inspecta la petite pièce du regard, emplie d'une lumière vive tombant d'invisibles sources. Une silhouette se tenait immobile derrière un voile translucide.

Revenus de leur surprise, les deux verdaxes réagirent et s'avancèrent vers elle dans un vacarme de cliquetis et de grincements.

—Du calme, nous ne te voulons pas de mal, dit le plus grand et le plus large des deux.

Loin de la calmer, ces paroles soufflèrent sur l'affolement de Kaena comme le vent sur les braises. Elle se leva sur la table, arracha un bras mécanique de son support et le brandit en direction des verdaxes. Ils s'immobilisèrent après s'être consultés du regard. Victime d'un étourdissement, elle dut en appeler à toute sa volonté pour rester campée sur ses jambes flageolantes. Elle se sentait bizarrement pesante, comme si elle affrontait un air plus dense que d'habitude.

—Allez-vous-en, laissez-moi…

Elle avait prononcé ces mots d'une voix étranglée. C'était davantage une supplique qu'un ordre.

—Vous voyez bien qu'on ne peut pas faire confiance aux primitifs, gronda le plus petit des verdaxes.

Une autorité dans la voix et l'allure le faisait paraître plus âgé que son congénère.

—Ils ne connaissent que la brutalité et la force, poursuivit-il. Il est vraiment temps pour nous de…

—Tu veux bien te taire, Gomni !

La silhouette qui s'était jusqu'alors tenue derrière le rideau translucide s'avança en pleine lumière. Kaena crut cette fois qu'elle avait définitivement basculé dans la folie. La troisième voix, la plus grave, n'appartenait ni à un Sapien ni à un ver, mais à un être à l'apparence terrifiante. Les multiples facettes de ses immenses yeux noirs accentuaient l'aspect menaçant de son regard. Difficile d'appeler cheveux les épis pointus et rigides dressés au-dessus de son crâne. Sa peau sombre évoquait l'écorce desséchée et crevassée d'une branche morte. Il portait une longue robe taillée dans une matière souple sertie d'objets brillants.

—N'écoute pas Gomni, poursuivit-il. Tu n'es pas notre prisonnière, mais notre invitée.

Une grimace hideuse étira sa bouche et produisit un effet saisissant sur Kaena. Sa peur, maintenant irrésistible, presque hystérique, brouillait ses pensées. Elle allait perdre ce qui lui restait de raison si elle ne sortait pas tout de suite de cet endroit de cauchemar.

Elle repéra une porte sur sa gauche, sauta de la table et pointa le bras mécanique sur les deux verdaxes pour les contraindre à reculer.

—Tu as vu ce que tu as fait, idiot ! maugréa le plus grand.

—Une réaction tout à fait normale de primitive, de mangeuse de verdaxes, rétorqua le plus âgé d'un ton méprisant.

Il était déjà déroutant de les entendre parler, mais,

plus étrange encore, des expressions, des moues, des grimaces similaires à celles des hommes et des femmes du peuple sapien s'affichaient sur leurs faces rondes. Le genre de bizarrerie qu'on ne rencontrait d'habitude que dans les rêves.

Sa douleur à la cuisse s'étant estompée, Kaena se mordit l'intérieur des lèvres jusqu'au sang pour se réveiller, ou pour se prouver qu'elle avait bien les deux pieds dans la réalité.

—Empêchez-la de sortir au lieu de vous disputer.

La douceur de la voix de l'être aux grands yeux noirs enrobait une autorité tranchante. Terrorisée, Kaena se précipita vers la porte tout en tenant les deux verdaxes à distance avec le bras mécanique. Elle tourna la poignée. La porte s'ouvrit sans résistance.

—Arrête-la, Assad !

Elle courut sur une passerelle étroite jetée au-dessus d'un large puits circulaire. Une lumière bleue l'empêchait d'en distinguer le fond — le même bleu éclatant que la boule de ses visions. Plus bas, des galeries descendaient en spirale le long de la paroi cylindrique.

Aiguillonnée par des bruits de pas, elle s'avança vers le centre du puits. Le chemin suspendu donnait sur une grande sphère transpercée par un axe vertical. Elle devina que cet appareil servait à descendre et à monter à l'intérieur de la cavité. Il ressemblait au système mis au point par les récolteurs sapiens des branches hautes : ils s'entassaient à quatre ou cinq hommes dans des nacelles tirées par un jeu complexe de cordes, de contrepoids et de poulies.

Des claquements et des grognements retentirent dans son dos. Elle repéra sur le flanc de la sphère une forme circulaire munie, sur un côté, d'un petit œil phosphorescent. Ce monde étrange qu'elle découvrait lui était pourtant familier. Dans sa mémoire profonde, il était inscrit que cette forme circulaire était une porte, et l'œil brillant, la poignée. En elle dormait un gisement d'informations, de connaissances qui, elle en prenait conscience à l'instant, avait une relation avec le murmure enchanteur d'Axis.

Elle s'approcha de la sphère. Au moment où elle s'apprêtait à poser l'index sur l'œil lumineux, le chemin suspendu se rétracta à la vitesse d'une langue de gourdaque. Un vide infranchissable se creusa entre la sphère et elle. Elle lança un coup d'œil par-dessus son épaule. Le plus grand des verdaxes agitait ses segments supérieurs à moins de cinq pas. Ses yeux globuleux pétillaient d'intelligence, un sourire hideux écartait sa gueule et révélait ses gencives tranchantes. L'idée d'être capturée par ce monstre révulsa Kaena.

Une seule solution s'offrait à elle, hasardeuse, mais elle préférait encore courir le risque plutôt que de retomber entre les pattes de ses geôliers.

Tandis que le chemin suspendu continuait de se rétracter dans un sifflement musical, elle prit quatre pas d'élan et se jeta dans le puits.

7
La fuite

Haena pensa un instant que son élan serait insuffisant. Presque surprise de voir l'axe vertical se dresser devant elle, elle tendit les bras pour amortir le contact. Le heurt, violent malgré tout, lui meurtrit un coude et un côté de la poitrine. Elle serra les dents et enroula les jambes autour de l'axe, de l'épaisseur d'une branche-fille. Elle s'était récupérée une quinzaine de pas sous la sphère, nettement plus bas qu'elle l'avait prévu.

La cavité amplifia le cri de dépit du grand verdaxe. Un brouhaha de voix, de claquements et de grondements l'informa que ses poursuivants s'activaient sur le chemin suspendu.

Elle se laissa glisser le long de l'axe, ignorant les brûlures semées par la matière lisse sur ses mains et l'intérieur de ses cuisses. Son vêtement se retroussait sur ses hanches. La finesse de l'étoffe l'émerveilla à nouveau. Même tannée pendant des heures, la peau de verdaxe n'offrait pas cette douceur.

Son excitation nerveuse retombait, et elle se sentait à nouveau faible, vidée de toute énergie. Elle n'avait rien mangé ni bu depuis… depuis combien de temps ? Combien de jours s'étaient-ils écoulés entre son départ de la cité du Milieu et son réveil dans cet endroit de cauchemar ? Elle avait l'impression d'avoir quitté les siens depuis une éternité. Il avait fallu du temps, en tout cas, pour que sa blessure à sa cuisse cicatrise.

Elle approchait du pied de l'axe quand un sifflement prolongé retentit au-dessus d'elle. La sphère s'était mise en mouvement et se dirigeait vers elle à grande vitesse.

Le fond du puits n'étant plus qu'à une dizaine de pas, Kaena n'hésita qu'un bref instant. Elle poussa sur ses bras, se détacha de l'axe et tomba en chute libre. Son vêtement vola autour d'elle et lui recouvrit la tête.

Aveuglée, elle se contracta dans l'attente du choc. Elle se reçut aussi souplement que possible, roula sur elle-même et se releva sans tenir compte des élancements douloureux à ses chevilles et à son dos. Elle n'eut pas le temps de se demander comment elle allait s'échapper de ce puits. Elle capta un double mouvement dans son champ de vision. Sur sa droite, la sphère se posait à son tour au fond de la cavité. Elle crut entrevoir la face de l'être effrayant au travers d'un rectangle de matière transparente. Un bref et puissant courant d'air lui cingla le visage. Une porte coulissait en face d'elle. Elle s'y engouffra.

Une silhouette se dressa dans l'embrasure et lui barra le passage. Un verdaxe, équipé de la même carapace et des mêmes bras articulés que les deux autres, pointa sur elle un tube allongé et nimbé de lumière bleutée.

—Uuhhuuaargg !

Kaena feignit de partir vers la gauche, puis, quand le verdaxe eut mordu à sa feinte, elle changea de direction d'un brusque crochet. Empêtré dans son armure, il n'eut pas le temps de réagir. Elle se rua dans l'espace libre entre le montant de la porte et les segments gesticulants de son adversaire.

Elle tressaillit de joie lorsqu'elle posa les pieds sur l'écorce d'une branche-mère. Elle retrouvait Axis, enfin, elle respirait son odeur de bois et de sève. Elle courut sur la branche avec la légèreté d'un torcouleur. Une bourrasque violente la contraignit à modérer son allure. Elle traversa une zone de ténèbres, puis, plus loin, des rayons de lumière qui tombaient en oblique des ramures l'éclairèrent comme en plein jour.

Elle se demanda tout à coup ce que les verdaxes et leur maître terrifiant avaient fait de son carnet. Ils lui avaient arraché une partie d'elle-même, mais elle ne pouvait pas revenir en arrière. Elle devait regagner au plus vite la cité du Milieu. Elle savait maintenant qu'Essy n'avait pas inventé cette histoire de verdaxe parlant : il fallait prévenir les autres qu'une créature terrible — un dieu ? —

se cachait sous la Mer des nuages et envoyait des verdaxes intelligents surveiller le peuple sapien.

Des bourdonnements retentirent au-dessus d'elle. Des dizaines de formes brillantes volaient autour d'une immense structure posée sur plusieurs branches-mères d'Axis. Elle les prit d'abord pour de gros insectes, avant de se rendre compte qu'il s'agissait de verdaxes. Une armée de grands vers équipés d'armures scintillantes et vrombissantes. Pour autant qu'elle pût en juger, ils s'affairaient à construire ou à réparer ce gigantesque bâtiment. Des rayons jaillissaient de leurs casques, révélant des rangées de fenêtres, des portes circulaires, des surfaces arrondies, des reliefs, des tourelles, des passerelles, des échelles... L'ensemble ressemblait à une ruche monumentale d'une capacité de plusieurs milliers de Sapiens.

Dans quel but ces verdaxes érigeaient-ils un monument d'une telle importance dans les profondeurs d'Axis ? Était-ce un temple à la gloire de leur maître ?

Kaena écarta les ramilles et, arc-boutée sur ses jambes pour résister aux rafales, resta un petit moment à observer le ballet des vers volants, les mouvements incessants et féeriques des cercles de lumière sur le matériau lisse. Subjuguée, absorbée par sa contemplation, elle ne prêta pas attention aux bruits qui s'élevaient derrière elle.

—Uuhhuuaargg...

Le verdaxe surgit de la nuit et agita ses segments

supérieurs. Elle se recula d'un bond. Le vent s'engouffra dans son vêtement et la déséquilibra. Elle voulut reprendre appui sur la surface de la branche-mère, mais ses pieds ne rencontrèrent que le vide. Elle tenta de se rattraper aux ramilles proches, qui cédèrent l'une après l'autre, et elle bascula dans l'abîme. Emportée par son élan, elle pivota sur elle-même et tomba la tête la première. Elle traversa un feuillage épais, replia les bras pour se protéger des brindilles qui lui cinglaient la face. Son vêtement se prit dans l'extrémité d'un chicot et se déchira du haut en bas. Elle essaya d'accrocher un rameau plus épais. Sa vitesse était telle qu'elle n'eut pas le temps de refermer les doigts.

Elle avait espéré traverser des branchages denses pour enrayer sa chute, mais les ramures s'éclaircissaient. Elle atterrit avec brutalité sur une branche-fille, rebondit sur le bois dur et repartit aussitôt dans une autre direction.

—Axis, aide-moi !

Son cri se perdit dans l'obscurité. Cette fois, il n'y aurait pas de miracle, elle allait disparaître dans le Grand Néant. Elle entrevit des points scintillants dans le lointain. Des milliers d'yeux tapis dans les ténèbres la cernaient, l'attendaient. Elle partait rejoindre les autres Sapiens dévorés par le vide. Elle revit les visages épouvantés de ses parents, la face décharnée d'Elaïm, les traits réguliers de Zehos. Ils l'avaient tous aimée, ils l'avaient tous abandonnée. Chacun à sa manière.

Un trait long et clair fendait les ténèbres un peu plus bas : une branche, de la grosseur d'une corde. Sa chance. Sa dernière chance. Elle s'y agrippa avec l'énergie du désespoir, concentrée sur chacun de ses gestes. Elle tint bon cette fois-ci. Le bois ploya dans un long gémissement, mais ne céda pas.

Une pluie de branches cassées, de mousse et de feuilles dégringola autour de Kaena. Elle pencha la tête en avant et jeta un regard vers le bas. La seule force de ses bras ne suffirait pas à la maintenir suspendue très longtemps. Une douleur cuisante montait déjà de ses épaules martyrisées par le brutal arrêt de sa chute.

Il n'y avait plus une seule branche en dessous de ses pieds. Elle était arrivée au bout de son monde. Un énorme demi-cercle ocre, brun et vert occupait la moitié de la nuit, une nuit criblée de points scintillants. Une lumière douce s'en dégageait, dans laquelle s'évanouissait la pluie de brindilles, de feuilles et de mousse.

—Le Grand Néant, murmura Kaena, fascinée.

Elle avait imaginé un endroit lugubre, horrible, elle découvrait un spectacle grandiose, d'une immensité et d'une beauté à couper le souffle. Rien que pour le bonheur éphémère de contempler une telle splendeur, elle ne regrettait pas d'être partie de la cité du Milieu. Elle trouvait seulement dommage de n'avoir personne avec qui partager cette vision magnifique, cet instant magique.

Qui dirait aux Sapiens que leur monde ne s'arrêtait pas à la Mer des nuages ? Qui leur raconterait qu'ils appartenaient à un tout dont ils n'imaginaient ni la complexité ni la majesté ?

Pas elle, en tout cas. Elle essaya une dernière fois de se rétablir, mais elle manquait de force. Ses bras tremblaient, le vent la ballottait comme une feuille. Elle avait la sensation qu'une invisible force la tirait vers le bas. Son intuition lui souffla que cette attraction avait un lien avec le gigantesque demi-cercle. Elle résista encore, aiguillonnée par son instinct de survie. Ses doigts humides de transpiration glissèrent inexorablement sur l'écorce lisse de la branche. Elle se sentait lourde, si lourde…

—Axis ! Axis…

Elle cessa de résister. Soulagée, elle lâcha prise et ferma les yeux pour confier son corps et son âme au Grand Néant.

Un vrombissement s'éleva près d'elle. Grisée par une sensation de légèreté, d'euphorie presque, elle ne chercha pas à savoir d'où il provenait. De même, elle n'esquissa aucun geste lorsque des pinces se refermèrent délicatement autour de ses poignets.

8
Révélations

Réveillée depuis un bon moment, couverte de sueur, Kaena s'estimait encore trop faible pour se lever.

Un grincement de porte précéda de peu l'intrusion d'un verdaxe dans la petite pièce. Elle le reconnut immédiatement, même si rien dans son armure, ni dans son allure, ne le distinguait de ses congénères. Elle avait perdu connaissance au moment où son mystérieux sauveteur l'avait emportée dans les airs. Elle avait plongé dans un sommeil hanté par les cauchemars. Il lui en restait l'impression d'avoir été scrutée jusqu'aux tréfonds de l'âme par un œil gigantesque. Des douleurs à ses épaules, à ses bras, à son dos, à son visage même, ne subsistaient plus que des frémissements bénins. Elle avait vécu tant d'expériences étranges depuis qu'elle avait franchi la Mer des nuages qu'elle doutait d'avoir encore toute sa raison.

—Le maître désire te parler, dit le verdaxe. Ne

me demande pas pourquoi. J'ignore pour quelle raison il peut s'intéresser à une… primitive de ton espèce.

Le mépris s'affichait clairement dans sa voix vibrante. Il répandait une odeur caractéristique de graisse imprégnée de sève. Il se nourrissait sans doute de mousse et de feuilles, comme tous ceux de son espèce. Il s'approcha et, à l'aide d'un de ses segments supérieurs, tira d'un coup sec le pan de tissu qui recouvrait le corps de Kaena. Elle se recroquevilla sur sa couche. La perspective d'être à nouveau confrontée au maître des verdaxes ranimait toutes ses peurs.

—On ne fait pas attendre le maître.

Il voulut la saisir par le bras, mais elle se leva avant d'être touchée par ses pinces. Elle trouvait à la fois étrange et répugnant d'être commandée par ce gros rampant. Non seulement il lui donnait des ordres, mais il la considérait visiblement comme un être inférieur, lui dont les congénères servaient de nourriture au peuple sapien. Elle se retint de lui dire qu'il réveillait son appétit ! Elle se sentait un peu à l'étroit dans la nouvelle robe qu'on lui avait passée. Elle tira sur le col arrondi et sur l'ourlet du bas pour essayer de la détendre.

—Je… je te suis, murmura-t-elle.

Le simple fait d'adresser la parole à un verdaxe lui parut un comble d'absurdité. Elle se demanda à nouveau si elle n'était pas définitivement perdue dans le labyrinthe des rêves.

—Obéissante, raisonnable, deux qualités que je ne pensais pas trouver chez une primitive du Milieu, marmonna le verdaxe. Allons-y : nous avons déjà perdu beaucoup trop de temps.

Elle le suivit à distance dans un étroit couloir éclairé par d'invisibles sources lumineuses. Elle en appelait à toute sa volonté pour mettre un pied devant l'autre. Son corps lui semblait lointain, irréel, comme s'il ne lui appartenait plus.

Les nombreuses pattes mécaniques de l'armure du verdaxe produisaient un vacarme assourdissant sur le sol gris et lisse. Sa queue étranglée, surélevée, se balançait en cadence de chaque côté de son armure.

Le couloir débouchait dans une salle claire où quatre autres verdaxes s'affairaient devant de grands panneaux lisses et convexes. Des appendices placés aux extrémités de leurs segments supérieurs — des sortes de doigts — jaillissaient des flammes bleutées qui se pulvérisaient en grappes d'étincelles. Ils s'arrêtèrent de travailler lorsque Kaena et son guide arrivèrent à leur hauteur. Leurs regards convergèrent vers la jeune Sapienne. Elle crut deviner de la réprobation, voire de l'indignation, dans leurs yeux globuleux et sombres. Elle frôla la cloison pour passer le plus loin possible d'eux.

—Vraiment, ils les... mangent ? murmura l'un d'eux après qu'elle les eut dépassés.

—Quelle horreur ! fit une autre voix.

—Et toi, tu ramènes une de leurs femelles sur notre base !

—Elle est différente. J'ai pensé que le maître serait content de la connaître...

Kaena se retourna avant de s'engager dans un deuxième couloir. Il lui sembla alors reconnaître, parmi les quatre verdaxes, celui qui était venu la chercher quand elle gisait dans les ramures d'Axis, la cuisse transpercée par un moignon de branche. Il lui avait sauvé la vie, peut-être même à deux reprises : n'était-ce pas également lui qui l'avait récupérée tandis qu'elle tombait dans le Grand Néant ?

Elle surmonta sa répulsion pour lui adresser un sourire. Son initiative déclencha de curieuses réactions chez les autres verdaxes, qui se regroupèrent en poussant des murmures craintifs. Ils avaient beau posséder le langage et l'intelligence, leurs cris et leur comportement les rapprochaient de leurs congénères de l'enclos de Zehos et d'Essy.

—Vous faites une belle bande d'imbéciles ! gronda le guide de Kaena.

Il s'était arrêté pour les fixer d'un air consterné.

—Elle ne va pas vous attaquer, reprit-il d'une voix que la colère rendait encore plus vibrante. Vous êtes armés, équipés, et votre cerveau est plus évolué que le sien... enfin, quand vous aurez appris à vous en servir et à dominer vos réflexes primaires. Assad, le maître exige aussi ta présence.

Le maître des verdaxes leur tournait le dos. Son

fauteuil flottait au-dessus du sol. Il contemplait, par de grandes baies tendues d'une matière transparente, les yeux brillants de la nuit. Il avait installé sa hutte juste au-dessus du Grand Néant, comme s'il en était le conquérant… le dieu. La pièce baignait dans une lueur bleue émise par le matériau lisse tapissant les cloisons et le plafond. Un peu partout scintillaient des lumières vives reliées entre elles par des éclairs intermittents.

Le dénommé Assad s'était mis en travers de la porte pour interdire toute fuite à Kaena. L'autre, Gomni, s'était avancé vers son maître et l'avait prévenu de leur présence d'un toussotement insistant.

Un objet se détacha soudain d'une cloison, traversa la pièce à la vitesse d'une flèche et vint flotter devant Kaena. Interdite, elle recula d'un pas. Le premier instant de frayeur passé, elle aperçut son carnet, posé sur un plateau volant. Un réflexe la poussa à s'en emparer, mais elle retint son geste. Cc plateau volant témoignait d'une magie puissante, inconnue des Sapiens. Elle craignait d'être réduite en cendres si elle obéissait à son impulsion.

Les légendes parlaient de grands magiciens échoués des temps et des temps plus tôt dans les profondeurs d'Axis. Attaqués par des créatures féroces, ils avaient disparu, mais leur magie sommeillait dans le cœur du bois, et elle resurgirait un jour, elle se donnerait aux âmes pures, elle transformerait les autres, les âmes mauvaises, en rameaux desséchés. Elaïm prétendait que ces histoires déclenchaient le courroux des dieux et attiraient le malheur sur le peuple sapien. Les hommes ou les femmes du Milieu surpris à les raconter ou à les écouter étaient condamnés à la chute dans le Grand Néant.

—Tu peux le reprendre. Il est à toi.

La voix grave de l'être fit sursauter Kaena. Elle endigua comme elle le put une première vague de panique.

—Tu… es un dieu ? Un magicien ?

La question avait jailli spontanément de sa gorge. Si le verdaxe Gomni esquissa une moue offusquée, son maître éclata d'un rire joyeux, presque enfantin.

—Non, mille fois non ! Je suis un simple mortel, comme toi.

Son siège pivota sur lui-même. Kaena ne put contenir un petit cri d'effroi lorsqu'il se présenta de face. Son apparence physique était toujours aussi repoussante.

—Mon nom est Opaz.

Un sourire lui creusa les rides et accentua la difformité de son visage.

—Je suis désolé de t'avoir effrayée. Je ne te veux aucun mal. Tu étais blessée. Nous t'avons seulement soignée.

Kaena se saisit de son carnet d'un geste vif. Le contact avec la couverture d'écorce lisse acheva de la rassurer. Le plateau repartit s'encastrer dans un interstice de la cloison aussi vite qu'il en était sorti. Elle aurait pu douter de ses perceptions sans la présence de son carnet.

—Et mon arme ? bredouilla-t-elle.

—Ce petit bout de métal qu'Assad a retrouvé près de toi ? Nous te le donnerons plus tard. Avec tes vêtements. Mes prothésistes sont en train de les remettre en état.

—Tes… quoi ?

D'un ample geste du bras, Opaz désigna Assad et Gomni.

—Ah, tu veux dire les verdaxes ?

La réflexion de Kaena piqua Gomni au vif.

—Verdaxes ? Sache que nous appartenons à une forme évoluée du *Vermifugus* ! Sache que nos capacités cognitives dépassent largement les intelligences artificielles les plus complexes. Pour ma part, je parle couramment mille deux cents langues et dialectes, je sais reconnaître plus de dix mille galaxies et je peux à l'occasion réparer un ordinateur défaillant. Si on me le demande poliment ! Verdaxe, peuh ! Je te suis supérieur en tout point, jeune primitive !

—Sauf si je décidais de te manger ! rétorqua Kaena.

—Ah non ! intervint Opaz avec un demi-sourire. Je ne peux pas me passer de mes auxiliaires ! Personne ne mangera Gomni ou un autre sans mon autorisation.

—Inutile de me défendre, maître, fit Gomni. Elle ne sait pas ce qu'il lui en coûterait de s'attaquer à ma personne.

Opaz se leva de son siège flottant et s'avança vers Kaena d'une démarche maladroite. Ses jambes, dissimulées par son ample vêtement, le portaient avec difficulté.

—Tu as donc oublié la règle première de survie, Gomni ? Ne jamais sous-estimer un prédateur.

—Un prédateur, maître, mais pas une jeune primitive qui n'a pas plus d'esprit qu'un…

—… verdaxe ? le coupa Kaena.

Le rire enfantin d'Opaz rentra les protestations de Gomni dans sa gorge. Assad lui-même lâcha un petit gloussement de jubilation.

—Tu te demandes certainement comment j'ai pu m'entourer de serviteurs aussi différents de moi, reprit Opaz après un moment de silence. Je suis le dernier de mon espèce et, sans mes prothésistes, sans leur précieux secours, je n'aurais pas survécu. Je n'aurais pas non plus pu construire un vaisseau.

—Un… vaisseau ?

—Une nef intergalactique, précisa Gomni, sortant de sa bouderie. Son mode de propulsion est basé sur le principe physique de la…

—L'appareil qui me permettra de rentrer chez moi, coupa Opaz. Tu as dû l'apercevoir lorsque tu t'es enfuie.

L'image des verdaxes voletant autour de la gigantesque hutte traversa l'esprit de Kaena.

—Tu n'es donc pas d'ici ? demanda-t-elle.

—Tu vois bien, jeune primitive, que le maître n'a pas le morphotype de…

—Tais-toi, Gomni, par pitié ! Je viens d'un monde très lointain.

—Plus loin que… que le Grand Néant ?

Gomni ricana avec ostentation. L'occasion était trop belle de souligner la supériorité des prothésistes sur les primitifs du Milieu. Opaz se dirigea de sa démarche laborieuse vers une porte. Son odeur légère, agréable, ne correspondait pas à son apparence.

—Suis-moi. Je vais te montrer quelque chose qui va t'intéresser.

—Ton monde n'est pas tel que tu l'imagines.

Opaz posa l'un de ses interminables doigts sur une des figures phosphorescentes serties dans un panneau suspendu. Le maître des verdaxes et Kaena avaient pris place dans une sphère transparente. Elle s'était élevée le long d'un axe vertical à l'intérieur d'un immense dôme. La lumière avait peu à peu baissé d'intensité jusqu'à ce qu'une obscurité totale retombe sur les lieux.

Les peurs de Kaena s'étaient toutes envolées. Le calme imperturbable de son étrange hôte avait déteint sur elle. Elle n'éprouvait plus de sentiment de danger à ses côtés ; au contraire même, sa présence était rassurante, un peu comme celle de certains anciens de la cité du Milieu.

La surface opaque du dôme s'estompa, dévoila un ciel obscur et criblé d'yeux brillants.

—L'espace, dit Opaz. Ce que tu appelles le Grand Néant.

Deux grandes boules lumineuses apparurent soudain, très proches l'une de l'autre, l'une tournant autour de l'autre, les deux tournant ensemble autour d'une source flamboyante de la grosseur d'un poing. Elles traversaient tour à tour des zones d'ombre et de clarté qui les transformaient en demi-cercles, en grands ou en petits croissants.

—Une reproduction animée du système où se trouve ton monde.

Kaena se haussa sur la pointe des pieds et posa les deux mains sur la cloison transparente de la sphère pour garder l'équilibre. Le spectacle, fabuleux, produisait une impression si forte sur son esprit qu'elle avait la sensation de voler.

—La sphère la plus petite et la plus foncée s'appelle Astria. C'est ce qu'on appelle une planète, une immense sphère de matière dense sur laquelle la vie est possible. L'autre, beaucoup plus grosse, est sa planète jumelle, Talless. C'est elle que tu as aperçue l'autre soir quand tu étais suspendue à la branche au-dessus du vide. Elles orbitent toutes les deux autour de l'étoile Zaïon, leur source de chaleur et d'énergie…

—Mon monde, c'est Axis ! objecta Kaena.

—Oui, bien sûr, tu crois que les connaissances se limitent à ce que perçoivent tes sens. Mais attends de voir le reste.

Un rugissement s'éleva tout à coup à l'intérieur de la sphère, si puissant que Kaena se boucha les oreilles avec les mains. Une forme grossit entre les deux sphères tournoyantes : une hutte volante, immense, similaire au monument érigé par les verdaxes dans les ramures d'Axis.

Kaena comprit tout de suite que les flammes qui s'en échappaient n'étaient pas normales.

—Ce que tu vois là est une reconstitution en trois dimensions d'événements qui se sont déroulés plusieurs centaines d'années plus tôt, dit Opaz. Nous étions les derniers Vécariens, à la recherche d'un nouveau monde, le nôtre étant condamné par l'agonie de son étoile. Nous avions franchi des distances si gigantesques que l'esprit ne peut pas se le représenter. Nous avions tout emmené avec nous, notre savoir, nos œuvres, nos espoirs. Puis une explosion s'est produite à l'intérieur de notre vaisseau. Il s'est écrasé sur la planète habitable la plus proche : Astria, du système de Zaïon. Je fus…

Les épaules d'Opaz s'affaissèrent sous le poids de ses souvenirs.

—… le seul survivant. Le dernier de mon espèce.

Une explosion embrasa l'intérieur du dôme. Kaena plaça ses bras en protection devant son visage, croyant qu'elle allait être touchée par l'éparpillement des débris enflammés. Puis l'obscurité redescendit sur le dôme tandis que l'épave du vaisseau tombait en chute libre vers la plus petite des deux planètes.

L'image d'une surface ocre et sèche apparut. L'écrasement du vaisseau sur Astria avait creusé un grand cratère d'où s'élevaient des colonnes de poussière déchiquetées par les vents. Des racines en jaillirent comme des langues de sinueux, se redressèrent, grossirent et poussèrent à vue d'œil, formèrent un tronc gigantesque qui lança ses milliers de ramifications à l'assaut du ciel.

—J'étais encore un nourrisson, poursuivit Opaz. J'ai été éjecté juste avant le choc. Mes parents avaient réussi à m'installer dans un module de secours avec d'importantes réserves de nourriture et d'eau. J'ai été alimenté les premières années par le système automatique de survie. Puis, un jour, le module a pénétré dans l'atmosphère de la planète et s'est posé en haut d'un arbre gigantesque…

Kaena se retrouva tout à coup à l'intérieur d'un enchevêtrement étouffant de branches et de feuilles.

—Axis, s'exclama-t-elle.

—Axis, confirma Opaz. Ton monde. Sa croissance extraordinaire semble liée à l'écrasement du vaisseau. Ses branches m'ont placé hors de portée des bêtes féroces qui rôdent à la surface de la planète. Axis m'a probablement sauvé la vie. Il n'a cessé de grandir, et je n'en suis jamais descendu. D'abord parce que je n'en avais pas le courage. Ensuite parce que je n'en avais plus la force.

La surface de la planète s'éloigna rapidement, s'évanouit peu à peu dans l'obscurité. Une spirale vertigineuse emporta Kaena, déconcertée par les changements incessants de perspectives.

—S'il continue de grandir à cette allure, Axis touchera bientôt l'atmosphère de Talless, la jumelle d'Astria. Pour moi, il reste un phénomène étrange, inexplicable : il produit de l'oxygène et toutes les conditions nécessaires à la vie. Il a généré sa propre autonomie. Tout ce que je peux affirmer, c'est qu'Axis n'est pas un simple arbre.

L'interminable doigt d'Opaz désigna la zone nuageuse où transparaissaient les ombres fantomatiques des ramures.

—Voilà où vit ton peuple. Entre deux couches de nuages persistants.

Il montra ensuite la cime de l'arbre-monde, où se devinait la structure sombre du vaisseau en construction. En arrière-plan, la surface de la planète Talless déployait ses nuances ocre, brunes, bleues et vert sombre.

—Et c'est là que nous sommes. Tout en haut. Au sommet d'Axis.

—J'ai cru que je descendais vers les racines, alors qu'en fait je... je montais ! s'écria Kaena, stupéfaite.

—Ton erreur est logique : Axis a grandi, et la cité du Milieu est sortie depuis longtemps de la zone de gravité d'Astria. Elle est maintenant soumise à l'attraction de Talless. Le haut est devenu le bas, et le bas, le haut.

La légende sapienne vint se superposer dans l'esprit de Kaena aux paroles d'Opaz : l'envol de ces hommes et ces femmes vers les cimes célestes ne décrivait-il pas tout simplement ce phénomène d'inversion ? Certains anciens affirmaient que des faits réels se cachaient sous les péripéties merveilleuses des légendes.

Kaena entendit une voix familière, chevrotante : « Le bas, en haut, le haut, en bas… Homme… Pas vrai homme… »

—Ilpo avait raison ! s'écria-t-elle. C'est donc toi « l'homme pas vrai homme », toi qui l'as guéri.

—Tu veux sans doute parler de ce pauvre Sapien qui m'a été amené par mes prothésistes ? Il était dans un sale état. J'ai fait ce que j'ai pu pour le remettre sur pied, mais je n'ai pas pu lui rendre toute sa raison. J'ai soigné bien d'autres créatures…

—Comme celles-ci ?

Kaena tira son carnet de la poche de sa robe, l'ouvrit et tourna les pages. Les volants, les sinueux, les rampants et autres insectes qu'elle avait dessinés défilèrent sous les yeux d'Opaz.

—Gomni a vraiment tort de te prendre pour une simple primitive. Tu es une observatrice très…

Le Vécarien s'interrompit. La peau sombre et ridée de son visage s'éclaircit, la stupeur agrandit ses yeux déjà immenses. Interloquée, Kaena regarda son carnet. Elle était arrivée aux pages où elle avait dessiné la boule de lumière bleue, la sphère radieuse de ses visions.

—On dirait… on dirait…

Opaz s'était mis à trembler, submergé par une puissante émotion.

—Vecanoï.

9
Nouveau départ

Assad avait donc raison d'affirmer que tu avais aperçu une boule de lumière bleue.

—Je ne l'ai pas vraiment vue, précisa Kaena. Elle est apparue maintes fois à l'intérieur de ma tête. Comme dans un rêve. Il me semble aussi entendre un murmure. Il vient des profondeurs d'Axis. J'ai l'impression qu'il m'appelle. C'est lui qui m'a poussée à partir de la cité du Milieu.

Opaz hocha la tête.

—Ton histoire est difficile à croire, murmura-t-il en continuant de tourner les pages du carnet. Mais je dois reconnaître que la ressemblance est troublante. Il ne peut pas s'agir d'une simple coïncidence.

La surface de Talless occupait maintenant la quasi-totalité du dôme, avec ses reliefs aux sommets clairs et ses dentelles nuageuses. Des veines sinueuses se ramifiaient dans les zones claires ou sombres.

—C'est quoi, Vecanoï ? demanda Kaena.

—Un ordinateur moléculaire. En termes plus simples, le cerveau artificiel qui contient toute la mémoire, toute la connaissance de mon peuple. Il se trouvait dans le vaisseau qui s'est écrasé sur Astria. Ce que tu vois ici n'est qu'une infime partie du savoir vécarien. Des bribes éparses récupérées dans le module de secours. Elles m'ont permis de transformer quelques verdaxes en créatures intelligentes, en auxiliaires dévoués et autonomes : mes chers prothésistes. Mais, sans Vecanoï, le vaisseau qu'ils construisent ne pourra pas accomplir le trajet du retour. Il ne pourrait même pas sortir du système de Zaïon. Il réussirait tout au plus à rejoindre Talless.

—Pourquoi le construire, alors ?

Les yeux d'Opaz se troublèrent. Il s'absorba un petit moment dans la contemplation de la surface de Talless.

—Un rêve de vieillard, je suppose. Une façon de lutter contre l'inutilité de mon existence. L'illusion de faire quelque chose pour empêcher l'effacement définitif du peuple vécarien. Ce vaisseau est un monument contre l'oubli. Et puis il donne du travail aux prothésistes, il les aide à évoluer.

Il poussa un long soupir et pressa une touche du tableau de commandes de la sphère, qui entama aussitôt sa descente. L'intérieur du dôme s'emplit peu à peu de clarté. La magie vécarienne, ce jeu incessant entre la lumière et la matière, produisait une forte impression sur l'esprit de Kaena. Si, comme le prétendait Opaz, ces prodiges n'étaient qu'une part infime du savoir de son peuple, quelle devait être la puissance de Vecanoï !

Ils sortirent du dôme, parcoururent un étroit couloir et pénétrèrent dans une vaste salle en forme de colonne. Gomni et Assad se tenaient devant un panneau horizontal couvert de touches et de figures phosphorescentes.

Une moue boudeuse déformait la gueule de Gomni. Il avait ronchonné lorsque Opaz lui avait ordonné de l'attendre dans cette salle : « Vous allez rester seul avec cette primitive ? Vous n'y pensez pas, maître ! Elle en profitera pour vous étrangler. » Mais Opaz s'était montré inflexible, et le prothésiste avait dû s'incliner.

—Comme tu peux le constater, Gomni, je suis sorti vivant de l'épreuve.

—La chance, maître, rétorqua Gomni, pincé. Les réactions des Sapiens restent imprévisibles.

Opaz brandit le carnet de Kaena devant les deux prothésistes et l'ouvrit aux pages où elle avait dessiné la sphère bleutée.

—Ces croquis manquent de netteté, commenta Gomni. D'après les canons esthétiques en vigueur sur…

—Ils représentent Vecanoï, lâcha Opaz.

Interdits, les deux prothésistes se consultèrent du regard.

—Vous en êtes certain, maître ? finit par demander Assad. Vous n'étiez qu'un nourrisson quand le vaisseau s'est écrasé…

—Vrai, mais on m'a implanté à la naissance la fenêtre du savoir commune à tous les enfants vécariens. Une base de données qui permet d'assimiler facilement et rapidement les nouvelles connaissances. Je n'ai jamais vu Vecanoï, mais son image est omniprésente dans mon esprit, et elle ressemble trait pour trait à ces dessins.

—Votre désir de retrouver Vecanoï vous égare, maître, objecta Gomni. Vous croyez le voir partout.

—Il ne s'agit pas d'un œuf bleu et brillant, Gomni, ni d'un quelconque fruit.

—Absurde. En admettant que Vecanoï ait survécu, comment cette primitive aurait-elle pu le rencontrer ?

—Elle en a eu la vision.

—La vision ? Vous donnez donc du crédit aux divagations d'une mangeuse de verdaxes ? Son quotient intellectuel ne doit pas dépasser celui d'un sharken !

Excédée par le ton condescendant de Gomni, Kaena s'avança d'une allure menaçante vers le prothésiste. Opaz l'arrêta d'un geste du bras.

—Certains êtres dans l'univers développent des perceptions extrasensorielles. Notre jeune invitée en fait peut-être partie. Nous devrions descendre à la base d'Axis. Au moins pour vérifier.

—Vérifier quoi, maître ?

La fureur creusait la face ronde de Gomni.

—Vecanoï n'a pas pu résister à l'écrasement du vaisseau sur Astria. Tenons-nous-en au projet initial. Le nouveau vaisseau est bientôt prêt. Le décollage n'est plus qu'une question de jours. Nous sommes sur le point de réaliser votre rêve, maître.

La tête penchée sur le côté, Opaz marqua un temps de silence.

—Je vous ai entretenus dans une illusion, Gomni. Sans Vecanoï, le nouveau vaisseau est tout juste capable de se poser sur Talless. S'il existe une seule chance de sauver la connaissance des miens, je ne la négligerai pas.

—Une expédition en bas d'Axis réclame une énergie considérable, maître. Les dangers sont multiples : les animaux féroces, les primitifs, les tempêtes, les tremblements… Sans compter l'inversion de gravité. Je ne suis pas certain que votre corps puisse supporter de telles contraintes.

Opaz tira d'un geste machinal sur la manche de sa robe.

—J'ai attendu trop longtemps.

Il pointa le bras sur Kaena.

—Elle m'a montré la voie. Je suis très vieux, et le temps est venu pour moi de vaincre mes peurs. Ma vie aura un sens si je peux sauver la mémoire de mon peuple. Si Vecanoï n'a pas survécu à l'écrasement, je partirai sans regret.

—Que faites-vous de nous ?

La détresse contenue dans la voix de Gomni bouleversa Kaena.

—Vous avez bien mérité votre indépendance. Vous serez libres d'aller où vous le souhaiterez.

Gomni se tourna vers Assad d'un air furibond.

—Tu aurais dû abandonner cette primitive à son sort ! À cause d'elle, à cause de toi, nous risquons de perdre le maître !

Assad soutint sans faiblir le regard venimeux de son congénère.

—Je ne suis pas un planqué de la cime, moi ! J'ai déjà accompli trente-sept missions dans le Milieu d'Axis, et je suis prêt à en faire une trente-huitième, jusque dans ses racines s'il le faut !

Un tremblement secoua Axis.

Kaena roula hors de sa couche et alla percuter le bas d'une cloison. Quelques instants plus tôt, un rêve hideux l'avait tirée de son sommeil et laissée en sueur sur le matelas, hébétée, suffoquée par l'angoisse.

Elle remit un peu d'ordre dans sa chevelure, tira sur sa robe, sortit de la chambre et fila à toutes jambes vers la salle de commandes du nouveau vaisseau. Elle savait qu'elle y trouverait Opaz.

Il était allongé sur une couchette suspendue que la secousse n'avait même pas fait trembler. En revanche, Gomni, renversé sur le dos, essayait désespérément de se dépêtrer des pièces emmêlées de son armure. Depuis leur dernière conversation, il ne quittait plus son maître d'un pouce, et il avait préféré dormir à même le sol plutôt que de regagner sa confortable cabine.

—J'ai fait un rêve, haleta Kaena.

Des rangées de lumière s'allumèrent sur les cloisons. Opaz se redressa sur sa couchette et posa ses indéchiffrables yeux noirs sur la jeune Sapienne.

—Tu oses nous déranger pour un rêve ! s'insurgea Gomni. Maître, vous voyez bien qu'elle est complètement…

—La sphère de lumière bleue… Elle était attaquée par une force maléfique, terrible…

Un deuxième tremblement, beaucoup plus puissant que le premier, agita les ramures d'Axis, le sol et les cloisons de la salle. Des craquements prolongés sabrèrent le silence nocturne. Kaena fut projetée contre la couchette d'Opaz. Le choc éjecta le Vécarien, qui retomba lourdement près d'un panneau de commandes.

Kaena attendit la fin de la secousse pour l'aider à se relever. Elle n'éprouvait plus aucun dégoût pour son apparence physique. Elle commençait même à trouver une certaine noblesse à ses traits disgracieux, à ses yeux aux multiples facettes et aux crêtes pointues du sommet de son crâne. Un peu plus loin, Gomni, oublieux de ses principes, se tortillait dans tous les sens en poussant des grognements et des gémissements de verdaxe.

—Est-ce que Vecanoï a été détruit dans ton rêve ? demanda Opaz.

—Non, mais j'ai ressenti sa souffrance. Et j'ai ressenti la souffrance d'Axis.

—Ce sont les attaques de cette force maléfique qui provoquent les tremblements, n'est-ce pas ?

Kaena acquiesça d'un clignement de cils.

—Ça confirme mon hypothèse, déclara Opaz. Axis et Vecanoï sont liés.

—Une hypothèse stupide, maître, sauf votre respect, intervint Gomni. Quel rapport y aurait-il entre un cerveau artificiel et cet axe végétal ? Sans compter que nous n'avons aucune certitude sur la…

—Le même rapport qu'entre ton apparence et ton intelligence : pas évident au premier abord.

Un murmure familier résonna en Kaena. Il avait perdu son caractère enchanteur pour se transformer en appel urgent, oppressant.

—Axis est en danger. Je… je le sens, je le sais.

Les souvenirs des tremblements précédents remontèrent à la surface de son esprit. Elle revit les visages terrifiés des enfants, les gesticulations des corps tombant dans le vide, la dislocation des cloisons et des toits des huttes, les courses sinueuses des crevasses sur les branches-mères.

—La cité, les enfants, Essy, Zehos… balbutia-t-elle.

—Elle nage en plein délire, maître, cracha Gomni, qui avait presque réussi à se relever.

Kaena se dirigea à grands pas vers la porte de la salle de commandes.

—Je dois les prévenir avant qu'il ne soit trop tard…

—Attends, cria Opaz. Je pars avec toi. Les prothésistes nous feront gagner du temps. Nous mettrons d'abord à l'abri les gens de ton peuple. Nous partirons ensuite à la recherche de Vecanoï.

Le Vécarien rejoignit Kaena dans le couloir.

—Mais, mais… maître, attendez-moi, glapit Gomni. Vous ne croyez tout de même pas que je vais vous laisser partir seul avec cette… avec elle !

Le jour se levait sur la cime d'Axis. La lumière naissante de Zaïon teintait d'ambre la surface de Talless et les flancs rebondis du vaisseau en construction. Les prothésistes avaient cessé le travail pour assister au départ du petit groupe. Le maître ne s'était encore jamais aventuré hors de sa base, et l'inquiétude se lisait sur les faces arrondies des prothésistes.

La voix forte d'Opaz domina les bruissements habituels dans les ramures d'Axis.

—Finissez le travail. Il faut que nous soyons prêts à décoller à notre retour.

—Cette expédition est de la folie pure, maître, chuchota Gomni. Vous ne pouvez tout de même pas vous fier aux élucubrations psychotiques de cette femelle du Milieu ! Je vous conjure une dernière fois de renoncer.

Opaz observa Kaena, sanglée dans un ensemble vécarien renforcé de plaques métalliques. Ayant vécu quasiment nue dans les ramures d'Axis, elle supportait mal la pression de l'étoffe et du métal sur sa peau. Engoncée dans sa combinaison, elle s'agitait sur une branche-mère aux côtés d'Assad. Elle avait demandé au Vécarien la permission de la retirer, mais il le lui avait formellement interdit, pour des raisons de sécurité.

—Vecanoï est vivant, répondit Opaz à voix basse. Et il a choisi l'esprit de Kaena pour communiquer.

—Pourquoi pas le vôtre ? Vous êtes Vécarien, pas elle !

—Je l'ai cru mort vu la violence effroyable de l'écrasement du vaisseau, et lui m'a cru mort, car la balise de détresse de mon module de secours ne fonctionnait pas. Il fallait bien qu'il s'adresse à un être vivant.

Talless, la jumelle d'Astria, n'occupait pour l'instant qu'un tiers du ciel traversé de stries or et roses. Au loin se devinait le cercle encore pâle de l'étoile Zaïon. Kaena ne se lassait pas d'admirer le lever du jour. Opaz avait tenté de lui expliquer les grands principes des systèmes stellaires, mais les mots ne suffisaient pas à décrire la splendeur de l'univers. L'esprit perdait ses limites face à l'immensité de la création. Elle devait à tout prix partager cette beauté avec le peuple du Milieu. Avec les enfants. Avec Zehos.

Elle fit encore quelques mouvements pour essayer d'assouplir son vêtement.

—Je me sentirais vraiment protégée si j'avais mon arme, murmura-t-elle.

Sur un signe d'Opaz, Assad tendit l'un de ses bras articulés en direction de Kaena. Ses doigts mécaniques s'ouvrirent et découvrirent un poignard au manche sculpté, orné de symboles. La lame n'était pas de sève, mais d'un métal lisse, brillant, aiguisé. Une arme magnifique, parfaitement équilibrée, d'une solidité à toute épreuve.

—Pour toi, déclara Assad.

Kaena s'empara de l'arme avec une solennité pénétrée d'émotion, puis, folle de joie, elle se pencha sur le prothésiste et lui déposa un baiser sonore entre les deux yeux. Des ondulations parcoururent les anneaux d'Assad. Ses gloussements et ses sifflements traduisirent sa surprise, son embarras, ainsi qu'une frayeur rétrospective. Les murmures des autres prothésistes exprimaient le même étonnement et la même crainte : leur instinct les avertissait qu'en général il valait mieux se tenir à l'écart de la bouche d'une mangeuse de verdaxes.

Gomni, lui, ne cherchait pas à dissimuler son courroux.

—Elle est en train d'endormir notre méfiance, grommela-t-il. Quand nous n'aurons plus peur d'elle, elle en profitera pour nous…

—Tais-toi, le coupa Opaz. Tu vas encore dire une bêtise. Il est temps de partir.

Gomni embrassa le vaisseau en construction d'un regard lourd de regrets et soupira :

—Mon grand œuvre. Je lui ai consacré toute mon existence, toutes mes forces. J'espère que ces incapables ne vont pas réduire mes efforts à néant.

—On va prendre un peu de bon temps en bas ! s'exclama Assad. Tu le retrouveras, ton grand œuvre ! Personne n'est indispensable.

—Peut-être, mais quand je ne suis pas là…

La phrase de Gomni s'acheva en un murmure incompréhensible. La lumière de Zaïon parait maintenant la surface de Talless de nuances vives. Des îlots d'étoiles brillaient encore dans le ciel chatoyant.

Assad se tourna vers Kaena :

—Prête à voler ?

Il pressa un bouton sur le plastron de son armure. Des ailes d'un bleu brillant se déployèrent de chaque côté de ses segments supérieurs et se mirent à vibrer de plus en plus vite dans un vrombissement assourdissant. Il s'envola de la branche-mère, effectua un petit tour au-dessus de Kaena, redescendit vers elle, la saisit par les arceaux scellés dans les protections métalliques de ses épaules — elle comprenait maintenant à quoi servaient ces sortes de poignées — et décolla brusquement à la verticale.

Vu d'en haut, Axis ressemblait à une mer impénétrable de branches, de brindilles et de feuilles d'où émergeaient la masse grise du vaisseau en construction et les taches claires des autres bâtiments de la base.

La première réaction de peur passée, Kaena s'abandonna à l'ivresse du vol. Un cri d'enthousiasme s'échappa de sa bouche entrouverte.

—Eh ! Nous ne sommes pas là pour nous amuser ! gronda la voix de Gomni.

Il venait de surgir de la masse brun et vert d'Axis. Il transportait Opaz, équipé des mêmes arceaux que Kaena, tandis que Zumo, le troisième prothésiste de l'expédition, se chargeait des caisses de vivres et de matériel.

—Suivez-moi ! hurla Assad. On plonge !

Et, avec un hurlement d'allégresse, il piqua vers le bas d'Axis en longeant la gigantesque frondaison.

10
Premier drame

Plus vite ! Plus vite !

Kaena écartait de temps à autre les bras pour accompagner les mouvements d'Assad et se donner l'illusion d'être une créature volante. Elle éprouvait le même sentiment de liberté, la même ivresse que les hommes et les femmes des légendes qui s'étaient jadis envolés vers les cimes merveilleuses.

Assad ralentissait souvent l'allure, puis, quand ses deux congénères n'étaient plus que des points à peine visibles dans le lointain, il fondait sur eux à pleine vitesse et les dépassait en les frôlant dans un grand éclat de rire.

Si elles ravissaient sa passagère, ses figures acrobatiques déclenchaient la colère de Gomni.

—Ils ne pensent qu'à jouer, ces deux-là ! Ils n'ont pas plus de cervelle qu'une gourdaque !

Ils avaient volé presque tout le jour, et la Mer des nuages n'était toujours pas en vue. Axis se révélait bien plus vaste et complexe que ne l'imaginait

Kaena. Si Assad n'était pas venu la secourir lorsqu'elle était tombée en fuyant le maraudeur, elle n'aurait sans doute jamais eu la force d'atteindre le sommet. Les distances énormes, les prédateurs volants ou rampants qu'on devinait tapis dans les feuilles, les dangers inconnus, la faim, la soif auraient eu raison d'elle. Peut-être les habitants de la cité du Milieu refusaient-ils de franchir la barrière des nuages parce que ces insurmontables difficultés étaient inscrites dans leur mémoire profonde ?

Kaena avait jugé les siens avec une sévérité excessive : ils n'étaient pas seulement gouvernés par la peur, mais par l'instinct de survie. Ils se regroupaient autour de leurs lois et de leurs croyances pour se protéger d'un environnement hostile. Ignorants, armés de simples couteaux de sève séchée, où auraient-ils puisé le courage d'explorer leur monde ? Elle n'avait plus de famille, mais eux restaient attachés à leurs parents, à leurs enfants, leurs maris, leurs femmes, leurs frères, leurs sœurs… Zehos ne l'avait pas accompagnée parce qu'il refusait d'abandonner Essy. Il se comportait en grand frère, et non en lâche. En elle grandissait l'impatience de le revoir, de lui dire qu'elle ne le jugeait pas, qu'elle…

—Les nuages ! cria Assad. Va falloir qu'on se pose ! Voler va devenir trop dangereux.

L'étoupe brumeuse apparaissait dans le lointain et absorbait les ramures d'Axis. Le vent soulevait des vagues vaporeuses dont les crêtes se transformaient en spirales ascendantes. Les rayons de Zaïon dégringolaient des frondaisons et s'écrasaient en flaques pourpres sur l'écorce.

Une émotion puissante submergea Kaena et occulta l'inquiétude qui la rongeait. Une vie entière s'était écoulée depuis son départ. Les autres ne l'accueilleraient certainement pas à bras ouverts, d'autant qu'Elaïm l'avait publiquement désignée comme la responsable de leurs malheurs. La présence d'Opaz et des prothésistes risquait en outre de provoquer des réactions hostiles, agressives. Les Sapiens lui laisseraient-ils le temps de s'expliquer ? Et puis, dans quel état retrouverait-elle la cité après les tremblements de terre de la veille ?

Ils plongèrent dans la Mer des nuages jusqu'à ce que la visibilité devienne presque nulle. Assad et Kaena se posèrent sans encombre sur une branche-mère, suivis de près par Gomni et Opaz. Les ailes bleutées des prothésistes cessèrent de vibrer. Toujours étourdie par le vol, Kaena remarqua alors qu'elles n'étaient pas faites de matière, mais de lumière : elles ne se rabattaient pas à la façon des ailes des volants, elles ne se rétractaient pas dans des gaines, elles s'éteignaient comme les flammes des torches.

—Au lieu de faire le fou, Assad, tu aurais dû attendre Zumo, marmonna Gomni.

—Pourquoi ne l'as-tu pas attendu, toi ? répliqua Assad.

—J'ai pensé que je ne devais pas laisser un écervelé de ton espèce…

Le vrombissement de Zumo enfla dans le silence feutré de la Mer des nuages. Ils le virent émerger de la brume empourprée, partir dans un brusque écart, percuter une branche et rebondir dans l'autre sens. Les caisses se balancèrent au bout de ses segments articulés, le déséquilibrèrent et l'entraînèrent dans une série de vrilles.

—Il a perdu le contrôle, cria Assad. Je monte le chercher.

Il déploya ses ailes et s'envola vers son congénère en difficulté. Saisie d'un sombre pressentiment, Kaena le suivit des yeux jusqu'à ce qu'il arrive à hauteur de Zumo. Elle distingua une large entaille sur le flanc annelé de ce dernier.

Une ombre allongée, silencieuse, planait juste au-dessus de lui.

—Un sharken ! hurla-t-elle.

Assad ne pouvait plus l'entendre, et il n'avait pas remarqué le grand prédateur volant.

—Cet animal est vraiment dangereux ? demanda Opaz.

—Un des pires ! haleta Kaena. Il ne pense qu'à…

L'ombre fondit brusquement sur Zumo. La gueule immense du sharken surgit des nuages et se referma sur la queue du prothésiste. Trop fatigué pour se défendre, résigné, Zumo disparut presque entièrement entre les énormes mâchoires du prédateur.

—Zumo… gémit Gomni.

Le sharken acheva d'engloutir le prothésiste, dont l'armure rigide craqua comme de l'écorce sèche. Les caisses de vivres et de matériel se disloquèrent et déversèrent leur contenu dans le vide.

Assad avait maintenant vu le monstre volant. Fou de colère, il ne battit pas en retraite, au contraire : il accéléra l'allure et fonça vers le prédateur. Des flammes claires jaillirent des extrémités de deux de ses segments.

—Reviens, sombre idiot ! hurla Gomni.

Le vrombissement des ailes d'Assad attira l'attention du sharken. Dévorer un second prothésiste ne l'aurait pas dérangé, mais, soit qu'il fût rassasié, soit qu'il craignît les flammes et la détermination du prothésiste, il choisit de prendre de la hauteur et de s'évanouir dans un banc de nuages.

—Descends maintenant ! glapit Gomni.

Assad s'engagea à son tour dans l'étoupe brumeuse. Le ronronnement de ses ailes décrut peu à peu, et un silence pesant retomba sur la branche-mère pendant un long, un interminable moment.

—Le courage n'est pas toujours une forme d'intelligence, grommela Gomni.

—Une chose est sûre en tout cas, dit Opaz. S'il fallait mesurer l'intelligence au courage, tu serais totalement stupide !

—Je me méfie de mes instincts, maître. Je ne suis pas un animal.

—Le courage, mon cher Gomni, c'est aussi ce qui permet de s'élever au-dessus de…

Opaz s'interrompit et leva la tête. Un bourdonnement insistant dominait le friselis du vent dans les feuilles. Assad réapparut un petit moment plus tard et se posa sur la branche-mère à l'issue d'une rageuse descente en piqué. La détresse avait supplanté la colère dans ses yeux noirs. Quand il eut éteint ses ailes, Kaena posa la main sur un côté de sa face ronde.

—Je suis vraiment désolée, Assad.

—Désolée, désolée, ce n'est pas la désolation qui nous ramènera Zumo, lâcha Gomni entre ses mâchoires serrées.

De brèves et fortes contractions agitèrent le corps annelé d'Assad, creusèrent ses plis entre les pièces rigides de son armure.

—Quand on ne reste pas planqué toute sa vie dans la base, on sait que ce genre d'expédition comporte des risques, lança-t-il d'une voix vibrante. Zumo le savait, en tout cas.

—Peut-être, mais si tu l'avais attendu…

Assad se gonfla de rage. Ses segments supérieurs s'entrechoquèrent dans une succession de cliquetis et de grincements.

—Vous n'êtes pas venus ici pour vous battre, s'interposa Opaz. Ce n'est pas le meilleur hommage à rendre à Zumo.

Son intervention ramena le calme chez les deux prothésistes. Il n'avait pas eu besoin d'élever le ton pour affirmer son autorité.

—De toute façon, il est inutile de continuer, soupira Gomni. Nous n'avons plus de vivres, plus de matériel.

—Nous sommes partis pour descendre au pied d'Axis, dit Opaz. Et nous descendrons, Gomni. Avec ou sans toi.

Kaena avait maintes fois exploré cette région d'Axis, et, pourtant, elle ne reconnaissait plus les paysages ni les passages. Les derniers tremblements avaient bouleversé les ramures. Un grand nombre de branches effondrées, empilées les unes sur les autres, formaient des enchevêtrements inextricables qu'il fallait franchir avec les plus grandes précautions. Des failles s'étaient créées ou agrandies sur l'écorce, les contraignant à effectuer de larges détours. La pénombre et les nuages s'associaient pour rendre la visibilité quasi nulle.

De temps à autre, un rugissement ou un grondement lacérait le crépuscule. Les prothésistes s'arrêtaient, se plaquaient sur l'écorce et, du coin de l'œil, surveillaient les frondaisons agitées par des mouvements inquiétants. Leur nature peureuse revenait au grand galop dans un environnement hostile. Assad avait oublié depuis longtemps sa colère contre le sharken et, en dépit de ses nombreuses missions dans le Milieu, il sursautait au moindre bruit et poussait de petits gémissements de terreur.

—Nous devrions retourner à la base avant que nous n'ayons tous rejoint Zumo, suggéra Gomni.

Plus vite nous quitterons cet arbre de malheur, mieux nous nous porterons !

Ils prenaient un peu de repos, assis ou allongés sur une branche-mère. À l'aide de son tout nouveau poignard, Kaena avait délicatement retiré trois gourdaques d'un repli de l'écorce. Des anciennes, à en juger par l'épaisseur et la couleur de leur carapace. Gomni avait longuement hésité avant d'en lever une devant sa bouche et de presser la poche gonflée d'eau.

Ses hésitations lui valurent une remarque perfide de la part d'Assad.

—Si tu n'étais pas resté cloîtré dans la base, tu saurais que c'est la meilleure méthode pour ne pas mourir de soif.

—Ah bon ? Et comment procèdent les verdaxes qui ne sont pas équipés d'une carapace avec des membres articulés ? rétorqua Gomni avec un soupçon d'acrimonie.

—Il existe une sorte de pacte entre les créatures vivantes d'Axis. Les gourdaques viennent d'elles-mêmes placer leur poche dans la gueule des verdaxes : ceux-ci n'ont plus qu'à la presser doucement avec les lèvres. En échange, les verdaxes autorisent les gourdaques à se réfugier dans leurs nids en cas de tempête ou pendant les grosses chaleurs. Je sais de quoi je parle. J'ai retiré mon armure lors de certaines missions de surveillance. Les gourdaques m'ont pris pour un verdaxe ordinaire et sont venues d'elles-mêmes introduire leur poche dans ma gueule.

—Retirer ton armure !

Gomni paraissait vraiment abasourdi.

—C'est de la folie ! C'est comme si tu étais impuissant et... tout nu !

—Eh oui, mon cher, nu comme un ver !

—C'était donc toi, Assad, qu'Essy avait capturé ? lança Kaena.

Le prothésiste se contenta de sourire.

Opaz ne proférait aucune plainte, mais la pâleur inhabituelle de son visage et la crispation de ses traits trahissaient un grand épuisement. Depuis que Gomni l'avait déposé sur la branche-mère, il avait probablement marché davantage que tout le reste de son existence.

—Si tu en avais la possibilité, Kaena, accepterais-tu de changer de monde ?

La voix du Vécarien était traînante, essoufflée.

Kaena vida une gourdaque, la reposa sur l'écorce et désigna les ramures où s'accrochaient des lambeaux de brume.

—Le voici, mon monde.

Opaz regarda la gourdaque s'éloigner de sa démarche maladroite, puis il pointa l'index sur une branche brisée.

—Combien de temps Axis survivra-t-il ? L'univers est vaste. Les tiens et toi pourriez vous sentir chez vous sur un nouveau monde. Un monde de fertilité et d'abondance. Un monde où vous pourriez jeter les bases d'une véritable civilisation.

—Axis nous offrirait l'abondance s'il n'était pas

affaibli par la force maléfique. Les légendes disent que sa générosité est sans limites, qu'il peut donner à manger et à boire à toutes ses créatures. Elles disent aussi que des magiciens dorment dans le cœur du bois, qu'ils se réveilleront un jour et réaliseront les désirs de chacun.

—Ces légendes, tu y crois ?

—Ce sont les ramures et les feuilles qui les racontent. Je les préfère, et de loin, aux dieux des grands-prêtres ! Et puis Axis me parle. Est-ce qu'un autre monde me parlerait ?

—Tu sous-estimes le pouvoir d'adaptation des êtres vivants. Les miens ont quitté Vécar parce qu'ils y étaient obligés, mais je suis certain qu'ils auraient appris à aimer leur planète d'adoption.

—Moi, en tout cas, je suis prêt à déguerpir le plus vite possible ! intervint Gomni. Et vivre dans un endroit où il n'y a pas d'horribles monstres qui vous mangent tout…

Il prit conscience qu'il parlait justement à une mangeuse de verdaxes, et se claquemura dans un silence renfrogné.

—J'ai toujours vécu dans Axis, reprit Kaena d'un ton farouche. Pourquoi devrais-je le quitter ?

Opaz joua avec une brindille pendant quelques instants.

—Je… je dois te révéler quelque chose au sujet de Vecanoï…

Kaena lui intima de se taire d'un geste péremptoire de la main. Des grincements répétés avaient

Kaena

Kaena perchée sur une branche d'Axis

Le sharken

L'attaque du sharken

Le vieil Ilpo

Essy, le petit frère de Zehos

Dans la Mer des Nuages

Le grand prêtre Elaïm

Kaena affronte le grand prêtre

Kaena et son ami Zehos

Kaena découvre la base d'Opaz

Assad, le prothésiste

Opaz, le dernier des Vécariens

Les Sélénites

attiré son attention. Une odeur qu'elle connaissait s'immisçait entre les relents de sève, de bois et de mousse.

Une odeur fétide, synonyme de danger.

—Un maraudeur, souffla-t-elle.

—Je n'entends rien, je ne sens rien, protesta Gomni. Et je ne comprends rien : mes sens bénéficient des améliorations apportées par la biotechnologie vécarienne. Ils devraient donc être plus performants que…

Un choc soudain ébranla la branche-mère. Kaena, Opaz et les deux prothésistes perdirent l'équilibre et roulèrent sur l'écorce.

Un fracas de branches brisées précéda de peu une nouvelle secousse. Le maraudeur sortit de son abri de feuillages et promena son énorme gueule à quelques pouces d'Assad pétrifié.

II
Près de la cité du Milieu

« Le premier enfant, le téméraire, saisit un bâton pour se battre ; il fut dévoré avant même d'avoir pu lever le bras. Le deuxième, le peureux, s'enfuit à toutes jambes ; le maraudeur le rattrapa en quelques foulées et le croqua en une seule bouchée. Le troisième se cassa la figure et se brisa la jambe ; ce fut celui-là, le malchanceux, qui survécut. Parce qu'il n'eut pas la possibilité de bouger. Parfois, c'est faire le mort qui vous garde en vie. Le père d'un des garçons dévorés… »

—Ne bougez surtout pas ! cria Kaena, toujours allongée.

La tête du maraudeur pivota dans sa direction.

Les possibilités de fuite étant quasiment nulles dans les ténèbres naissantes, elle avait cherché désespérément une solution. L'histoire des trois enfants surpris par le maraudeur lui était revenue en mémoire. Sa mère la lui avait racontée à plusieurs reprises.

Kaena se souvenait également des délires d'Ilpo. Le vieil homme ordonnait aux insectes qu'il capturait de rester immobiles s'ils voulaient être épargnés : « Pas bouger… surtout pas bouger. » La figurine grossière avec laquelle il les menaçait représentait sans doute le maraudeur. Avait-il croisé la route du terrible gardien lors de son aventure ?

Assad avait disparu du champ de vision de Kaena. Elle crut que le maraudeur l'avait englouti, puis elle entendit ses halètements de terreur montant d'une crevasse proche. Elle entrevit les formes claires d'Opaz et de Gomni de l'autre côté des pattes monstrueuses, plus larges et noueuses que des branches-filles.

La lumière mourante teintait de sang la peau rugueuse et la crête souple du maraudeur. Ses dents gigantesques se rapprochèrent du visage de Kaena. Enveloppée de son odeur, elle contint — elle ne sut comment — un hurlement de terreur. Impossible de lire la moindre intention dans les yeux inexpressifs et ronds qui la fixaient.

—Il faut fuir, maître…

Le chuchotement de Gomni se propagea dans le silence tendu avec la force d'un hurlement.

—Ne bouge pas, Gomni. Kaena sait ce qu'elle fait, souffla Opaz.

Le maraudeur tourna la tête, la laissa un moment suspendue au-dessus du Vécarien et du prothésiste, puis la tourna à nouveau vers Kaena.

Aussitôt, une lumière bleue, intense, éclaboussa les feuilles et les ramilles proches, accompagnée d'un grésillement qui enfla rapidement en vrombissement.

—Vite, maître, c'est le moment de filer…

—Non, Gomni !

Le cri de protestation d'Opaz s'étrangla dans sa gorge. Le prothésiste l'avait saisi par les deux arceaux de ses épaules et l'avait soulevé dans les airs malgré ses gesticulations. Le maraudeur réagit avec une vivacité remarquable : il fléchit les membres inférieurs, bondit vers les fuyards, frappa Gomni de l'extrémité de son membre supérieur et retomba quelques pas plus loin, en déclenchant une ample secousse et en soulevant une gerbe d'écorce pulvérisée. Le prothésiste alla s'écraser dans un entrelacs de branches. Il resta coincé dans le fouillis végétal tandis qu'Opaz s'effondrait comme un chiffon sur la branche-mère.

Le maraudeur poussa un rugissement terrifiant et se rua sur le Vécarien. Des vibrations inquiétantes parcoururent le bois, ébranlé par chacun de ses pas. Opaz évita un premier coup de griffe d'un retrait du buste.

Kaena se redressa et tira son poignard de sa ceinture. Concentré sur sa proie, le monstre ne lui prêta aucune attention. Elle le contourna, lui sauta sur l'échine et, s'agrippant aux saillies cartilagineuses, se rapprocha de son crâne. Il ne parut pas remarquer sa présence dans un premier temps, puis sa crête se détendit comme un fouet et claqua à côté de la tête de Kaena.

La jeune Sapienne se plaqua sur l'épiderme rugueux du maraudeur et le poignarda de toutes ses forces. La lame s'enfonça sans difficulté dans la peau épaisse. Le monstre ne chercha pas à se débarrasser d'elle, il continua de s'avancer vers Opaz, coincé contre un amas de branches et d'écorce. Le coup ne lui avait pas fait plus d'effet qu'une piqûre d'insecte.

Folle de rage, Kaena le frappa à plusieurs reprises. Aucune goutte de sang ne s'écoula des plaies. La crête, comme prise de folie, sifflait et déployait ses longues excroissances d'où suintaient des gouttes d'un liquide visqueux.

Le maraudeur se dandinait devant Opaz. Sa proie ne pouvait plus lui échapper et, comme à son habitude, il retardait le moment de lui donner le coup de grâce.

La fin de l'histoire des trois enfants resurgit dans l'esprit de Kaena : « Le père d'un des enfants dévorés traqua le terrible gardien, parvint à le tuer en coupant la crête du dessus de sa tête et la ramena, pour preuve de sa vengeance. » Elle se concentra sur les mouvements de l'excroissance souple et attendit qu'elle passe au-dessus d'elle pour la cisailler d'un geste précis. Cette fois, un flot de liquide ambré jaillit de la blessure. Il avait la consistance, la couleur et l'odeur de la sève.

Le maraudeur se cabra avec un hurlement déchirant. Son soubresaut éjecta Kaena. Sans relâcher son poignard, elle retomba sur le dos à l'issue d'un long vol plané. À demi étourdie, le souffle coupé, elle se releva et courut droit devant elle. Elle n'eut pas besoin de se retourner pour savoir que le monstre s'était lancé à sa poursuite. Elle aurait dû s'allonger et rester immobile, mais elle n'avait plus la capacité de raisonner, gouvernée par son instinct de survie, aiguillonnée par la peur.

Une première secousse de la branche-mère la déséquilibra. Elle évita la chute en déplaçant son centre de gravité. Un deuxième bond propulsa le maraudeur à moins d'un pas de sa proie. L'écorce se fendilla sous le choc et se déroba sous les pieds de Kaena. Elle s'affaissa et roula sur elle-même, se dirigeant tout droit vers le vide. Emportée par son élan, elle ne parvint pas à se rattraper ni à ralentir sa glissade. Au moment où elle basculait, elle eut le réflexe de ficher son poignard dans le bois. Bien que mal enfoncé, il résista lorsqu'elle se trouva suspendue au manche. Elle chercha des yeux une prise plus fiable, mais l'écorce rugueuse ne proposait aucune aspérité.

Une nouvelle et puissante vibration ébranla la branche-mère. Le poignard s'abaissa d'un quart de pouce. Au bord de l'évanouissement, à demi immergée dans la brume ténébreuse, Kaena cessa d'agiter les jambes. Son épaule et son bras, au supplice, ne la porteraient pas très longtemps.

Une forme inerte s'abattit au-dessus de sa tête

dans un éclaboussement de sève. Elle reconnut les griffes recourbées de la patte du maraudeur. Il avait succombé à sa blessure et s'était effondré comme une masse. Elle aurait pu s'en réjouir si le poignard ne s'était pas alors arraché du bois. Aspirée par l'abîme, elle entrevit une lumière bleue dans la brume.

Était-ce la sphère de ses visions ? Allait-elle rejoindre Vecanoï ?

—Zehos !

Kaena se réveilla en sursaut, allongée sur un lit de branchages. Elle mit un peu de temps à reprendre pied dans la réalité. Dans son rêve, Elaïm et les autres Sapiens avaient précipité Zehos dans un puits sans fin. Il suffoquait, il l'appelait, il l'implorait, mais elle ne pouvait pas intervenir, prisonnière d'une immense gueule hérissée de barreaux et de pinces articulées.

—… mieux de vous taire, maître. Elle est revenue à elle.

Opaz et les deux prothésistes se tenaient près d'elle, éclairés par la lumière d'une veilleuse sertie dans l'armure d'Assad. L'air furieux de Gomni indiquait qu'il venait de se disputer avec son congénère ou avec son maître, voire avec les deux.

Opaz lança un regard hésitant aux prothésistes avant de se pencher sur Kaena.

—Comment te sens-tu ?

L'affrontement avec le maraudeur avait semé de

multiples petites douleurs dans ses membres, son bassin et son tronc, mais elle n'avait apparemment rien de cassé. Une longue balafre sillonnait la face ronde de Gomni, souvenir cuisant de sa rencontre avec le monstre.

—Entière, je crois, soupira-t-elle.

—Ce n'est pas grâce à ce crétin de Gomni, en tout cas !

Assad ponctua son intervention d'un sifflement éloquent, puis il scruta la nuit où rôdaient des bancs de nuages déchirés.

—Je… j'aurais pu réussir, plaida Gomni sans réelle conviction. Mon rôle était d'éloigner le maître du danger. Et j'ai cru bon de…

—Tu n'es plus au chaud dans la base ! le coupa Assad, virulent. Tu devrais écouter ceux qui ont l'habitude de vivre au milieu d'Axis. Le maître a failli mourir par ta faute. Toi aussi, d'ailleurs.

—Et toi, tu devrais éviter de m'abaisser devant cette… devant elle. N'oublie pas que nous sommes tous les deux des verdaxes supérieurs.

La dispute se serait sans doute prolongée jusqu'à la fin de la nuit si Opaz n'y avait pas mis un terme.

—Tu m'as sauvée encore une fois, Assad, balbutia Kaena. Ça devient une habitude.

Elle eut encore le temps d'entrevoir le sourire ému du prothésiste avant de sombrer dans le sommeil, vaincue par la fatigue.

Ils repartirent à l'aube, après avoir vidé deux

gourdaques qui s'étaient aventurées hors de leur abri. Hagards, sursautant à chaque bruit, les prothésistes n'avaient pas fermé l'œil. Affamé, Assad se jeta sur une boule de mousse tandis que Gomni dédaigna cette nourriture « tout juste bonne pour les espèces rampantes inférieures ». Kaena chercha en vain des rognes, les gros fruits qu'on dénichait sous les ramilles. Elle n'avait pas perdu son poignard pendant son évanouissement. Ses doigts étaient restés crispés sur le manche jusqu'à son réveil.

Elle pressa le petit groupe de repartir, se disant qu'elle apaiserait sa faim et son inquiétude dévorantes quand ils seraient arrivés dans la cité du Milieu. Ils se frayèrent un chemin difficile dans les frondaisons épaisses, habillées par endroits d'épines suintantes. Parfois, des toiles tendues par des insectes se dressaient sur leur chemin. Les cadavres englués sur les fils répandaient une épouvantable odeur de putréfaction. Ils s'associaient aux nuages éventrés sur les branches et aux zones persistantes de pénombre pour entretenir une atmosphère de désolation. Au moindre bourdonnement, au moindre battement d'ailes, les prothésistes cessaient d'avancer et, rongés par l'angoisse, ils attendaient le retour du silence avant de se remettre en chemin. Opaz s'arrêtait également de temps à autre pour reprendre son souffle.

À deux reprises, les ombres menaçantes de grands sharkens fendirent la brume au-dessus d'eux et s'évanouirent dans un froissement soyeux.

Kaena reconnaissait maintenant les lieux, malgré les branches brisées, malgré les amas d'écorce, de mousse et de feuilles. Les battements de son cœur s'étaient accélérés, elle ne ressentait plus la fatigue, ni la faim ni la soif.

—Moins vite, gronda Gomni. Le maître ne peut pas suivre.

Kaena se retourna. Elle avait aperçu l'entrée de son passage secret, accéléré l'allure et distancé le petit groupe sans s'en apercevoir. Réfrénant son impatience, elle s'assit sur un nœud pour les attendre. La souffrance creusait les traits d'Opaz. La pâleur grisâtre de sa peau s'étendait jusqu'aux crêtes de son crâne. Placés de chaque côté de leur maître, les prothésistes lui proposaient un de leurs segments articulés dès qu'il montrait un signe de faiblesse. Bien que très différents de caractère, Gomni et Assad se ressemblaient comme des frères sur un point : leur comportement vis-à-vis d'Opaz ne relevait pas seulement du devoir, ils reflétaient de la vénération, de l'amour…

Une obscurité profonde régnait dans le passage secret. Des rayons de lumière dessinaient des cercles étincelants sur le bois, révélaient de fines lianes brunes et noires entrelacées le long des parois. Le moindre frémissement, le moindre frôlement retentissait avec une puissance étonnante dans le cœur du tronc-père.

Les deux prothésistes avaient replié les segments supérieurs de leur armure pour retrouver leur mode de locomotion naturel : la reptation. C'était, à dire vrai, la méthode la plus appropriée pour parcourir ce genre de tunnel, creusé sans doute par leurs congénères sauvages des années et des années plus tôt. Ils avaient refermé les pinces de deux de leurs segments inférieurs sur les arceaux des épaules d'Opaz. Ils remorquaient le Vécarien sans à-coups, contractant et détendant leurs anneaux en souplesse, choisissant les passages les plus dégagés. Habituée depuis sa plus tendre enfance à franchir ces galeries sinueuses, Kaena se servait des lianes pour gravir avec agilité les parois pentues, presque verticales.

Les ramifications d'une grosse branche brisée obstruaient en partie la sortie du passage. Kaena commença à en tailler les parties les moins denses avec la lame de son couteau. Les prothésistes lui vinrent en aide après avoir détaché leurs pinces des arceaux d'Opaz. Ils se frayèrent un chemin dans l'épaisse frondaison, et se dirigèrent vers la cité du Milieu.

—Le coin a changé, murmura Assad en promenant un regard perplexe sur les environs.

—On devrait bientôt arriver à la hutte d'Ilpo, dit Kaena.

Son inquiétude augmentait : elle aurait dû entendre la rumeur habituelle de la cité du Milieu, les rires des enfants, les cris des récolteurs de sève et des livreurs d'eau, les voix graves des anciens. Or aucun bruit ne résonnait dans le silence lugubre, pas même un chant de plumeux, pas même un frémissement de feuilles.

Le cœur de Kaena se serra lorsqu'elle arriva dans l'enchevêtrement de branches familier : il ne restait pratiquement rien de la construction, hormis des pans d'écorce et des débris épars.

—Eh bien, qu'y avait-il ici ? grogna Gomni dans son dos.

—L'habitation d'Ilpo, répondit Kaena, les larmes aux yeux. L'homme qu'Opaz a soigné à la base. Il vivait à l'écart de la cité.

Un hurlement aigu couvrit ses paroles. Elle se retourna : une corde s'était enroulée autour du cou de Gomni, s'était resserrée, tendue d'un coup sec, et l'avait traîné sans ménagement une dizaine de pas en arrière.

12
Le Puits des dieux

Une petite silhouette dégringola d'une branche-fille et se précipita vers Kaena. Celle-ci reconnut au dernier moment la bouille ronde du garçon qui se jeta dans ses bras.

—Essy ?

Il avait lâché sa longue pique à verdaxe et abandonné à son sort le pauvre Gomni. Goguenard, visiblement peu pressé de lui porter assistance, Assad regardait son congénère se battre avec le nœud coulant.

—Tu es drôlement habillée, Kaena. Tu étais où ?

La détresse contenue dans la voix tremblante d'Essy déclencha des frissons sur la peau de Kaena.

—Qu'est-ce que tu fais là ?

—C'est Ilpo. Il m'a… les autres… ils ont…

Elle s'accroupit et lui saisit le visage entre les mains pour le ramener au calme. La peur agrandit le regard du petit frère de Zehos lorsqu'il se posa sur Opaz.

—Raconte-moi ce qui s'est passé.

—Ils sont devenus fous, le grand-prêtre leur a ordonné de plonger dans le Puits des dieux, Zehos a voulu… a voulu… Ils l'ont…

Des sanglots brisèrent la voix d'Essy. Elle établit le lien entre les paroles du garçon et son propre rêve, et comprit qu'un grand malheur s'était abattu sur le peuple sapien.

—Ils l'ont quoi ?

—Dans le Puits des dieux, fit une voix chevrotante. Tous… allés dedans… Plus personne dans la cité…

Une ombre vacillante émergea des ruines de la hutte. Ilpo s'avança en boitant vers Kaena. Le vieil homme remarqua alors la présence du Vécarien et des prothésistes. Une grimace d'effroi effaça le sourire de ses lèvres. Il s'arrêta, commença à reculer, faillit se prendre les pieds dans les débris de son habitation.

—N'aie pas peur, Ilpo, dit Kaena avec douceur. Ce sont des amis. Ils m'ont sauvé la vie. Comme ils t'ont autrefois sauvé la vie. Les verdaxes volants, l'homme pas homme… Tu ne te souviens pas d'eux ?

Une lueur s'alluma dans les yeux du vieil homme. L'espace d'un instant, il parut se remémorer les scènes enfouies dans les couches profondes de sa mémoire.

—Revenue vivante, Kaena, reprit-il tout en dardant un regard méfiant sur Opaz et les prothésistes. Grand-prêtre demander tous rejoindre les dieux. Tous tomber dans le Puits des dieux… Tous morts.

Le sang de Kaena se glaça. Elle resta un long moment pétrifiée, incapable d'émettre la moindre pensée, puis le murmure enchanteur s'éleva dans son désert intérieur, elle eut la vision de la sphère de lumière bleue, plus nette et plus intense que jamais, et, à nouveau, le feu de la vie brûla en elle. Elle serra les poings, ravala ses larmes et se releva.

—Ils ne sont peut-être pas morts ! Je suis certaine qu'ils ne sont pas morts. Je dois les retrouver.

—Notre mission prioritaire est de retrouver Vecanoï, lui rappela Gomni.

Il s'était tant bien que mal débarrassé de la corde qui l'étranglait avant de s'exprimer d'une voix enrouée.

—Il parle ! hurla Essy. Un verdaxe qui parlc ! C'est moi qui avais raison.

—Qu'y a-t-il d'étonnant à ça ? rétorqua Gomni. Tu croyais capturer un vulgaire ver d'Axis ?

—Mais nous sommes des vers d'Axis, intervint Assad. Ce garçon est un petit malin. J'ai fait un séjour de quelques heures dans son enclos.

Essy suivait la conversation entre les deux prothésistes avec une attention proche de la fascination.

—Si les autres étaient là, ils seraient bien obligés de…

Il se tut, conscient que les autres n'étaient plus là,

que Zehos n'était plus là, qu'Ilpo, Kaena et lui-même étaient les derniers Sapiens de la cité du Milieu. Les larmes trop longtemps contenues roulèrent sur ses joues. Kaena le prit par les épaules et l'attira contre elle.

—Raconte-moi ce qui s'est passé.

—Le grand-prêtre a rassemblé tout le monde après le dernier tremblement d'Axis, répondit Essy d'une voix entrecoupée de sanglots. Il a dit que les dieux lui avaient parlé, qu'ils nous appelaient, qu'ils nous ouvraient les portes de leur paradis. Il a dit que le jour était venu de notre récompense, que nous devions tout de suite plonger dans le Puits des dieux pour la Transfiguration dans la sève.

—Les dieux n'existent pas ! cracha Kaena.

—Zehos pensait comme toi : il disait qu'Elaïm était devenu fou, qu'il conduisait son peuple à la mort. Nous avons décidé de fuir, mais le grand-prêtre et d'autres hommes nous ont barré le passage. Zehos s'est battu avec eux et m'a crié de courir. Alors j'ai couru, je les ai semés, je suis allé dans une cachette que je suis le seul à connaître. De là, je les ai vus monter vers le Puits des dieux. Tous. Les enfants ne voulaient pas, mais les adultes les ont obligés à sauter dans la sève. Ils ont… ils ont poussé Zehos. Ils lui avaient attaché les mains dans le dos.

Une nouvelle crise de larmes secoua Essy.

—Qu'est-ce que je pouvais faire ?

Kaena essuya la joue ruisselante du garçon d'un revers de main. Elle-même se contenait pour ne pas pleurer.

—Tu as bien agi, Essy. Zehos t'aurait ordonné de rester caché.

—Le grand-prêtre a attendu que tout le monde ait plongé dans le puits pour sauter à son tour, reprit Essy. Je suis resté un moment dans la cachette, puis je suis sorti, pour voir si d'autres avaient échappé au sacrifice, comme moi.

—Les mangeurs de verdaxes ont d'étranges coutumes, commenta Gomni avec dédain.

Opaz s'assit sur une branche-fille. On lisait autre chose que de la fatigue dans ses grands yeux noirs, une détresse profonde, comme si les larmes d'Essy l'avaient bouleversé.

—Comment une simple croyance peut-elle entraîner tout un peuple dans la mort ? murmura-t-il d'une voix sourde.

Essy se détacha de Kaena et désigna le Vécarien.

—Qui c'est, lui ? Un magicien des légendes ?

—Un être qui vient d'un autre monde, répondit Kaena.

—De Vécar, exactement, pontifia Gomni. Sixième planète du système de Johr. Située à soixante-deux années-lumière d'ici. Un système dont l'étoile agonisante va bientôt se transformer en trou noir.

—Je ne comprends rien à ce qu'il raconte ! s'exclama Essy.

—Moi non plus ! renchérit Assad. Il essaie seulement de nous impressionner avec son verbiage.

Le garçon s'avança vers le prothésiste.

—Comme ça, c'est toi que j'ai entendu parler l'autre jour dans l'enclos ?

Assad acquiesça d'un dodelinement de la tête.

—J'essayais d'apprendre des rudiments de langage aux autres verdaxes. Une tâche ardue, tu peux me croire ! Je ne pensais pas que tu m'avais entendu.

—Plonger là-dedans ? Tu n'y penses pas ! protesta Gomni. À moins que tu n'aies décidé de te noyer.

Après avoir gravi les marches étroites de l'escalier tournant taillé dans le bois, ils se tenaient au bord du bassin circulaire empli à ras bord d'une sève odorante et ambrée. Le Puits des dieux était l'un des seuls monuments à être resté debout dans la cité du Milieu. Les tremblements avaient renversé le temple et la plupart des habitations. Des branches s'étaient abattues sur les places, dans les ruelles, avaient brisé les cadres tendant les peaux de verdaxe, les vasques de sève en train de sécher, les barrières des enclos. Gomni et Assad avaient frémi de tristesse et de colère devant les dépouilles de leurs congénères.

Des ondulations agitèrent la surface de la sève. Vue du sommet du puits, la cité du Milieu n'était plus qu'un vaste champ de ruines où s'ouvraient les bouches sombres des crevasses.

—J'augmenterai mes chances de retrouver les miens si je prends le même chemin qu'eux, déclara Kaena.

—Absurde ! vitupéra Gomni. Ils sont tous morts. Morts. Ce n'est pas mourir à ton tour qui les fera revenir à la vie. Je propose que nous nous en tenions au plan initial : descendre au pied d'Axis par les branches.

—Si les nuages nous empêchent de voler, nous risquons de mettre un temps fou ! avança Assad. Plusieurs semaines. Voire beaucoup plus. Et nous n'avons plus de vivres, ni notre matériel.

—La solution la plus sage serait donc de renoncer à ce projet insensé, de retourner à la base et de quitter ce monde misérable avec notre vaisseau, comme je l'ai toujours dit.

Kaena s'avança d'un pas vers la surface frissonnante de la sève.

—Faites ce que vous voulez. Axis n'a pas pu laisser mourir le peuple de la sève. Son peuple. Je m'en tiendrai à ma décision.

—Je veux retrouver mon frère ! s'écria Essy. Je viens avec toi !

Elle se retourna, s'accroupit, lui posa les mains sur les épaules et le fixa dans les yeux.

—Zehos me gronderait si je te permettais de venir avec moi. Tu resteras ici avec Ilpo en attendant mon retour. Je te promets de te ramener ton frère.

—Son cadavre, tu veux dire ! grinça Gomni.

La réflexion du prothésiste lui valut un regard sévère de la part de son maître.

—Il s'agit d'un simple calcul de probabilités,

maître : on ne peut pas respirer dans un milieu liquide, et si ce puits, comme je le crois, descend jusqu'au pied d'Axis…

Opaz lui imposa le silence d'un geste péremptoire du bras avant de se tourner vers Assad.

—Je te confie la mission de protéger l'enfant et le vieil homme.

Assad lança au Vécarien un regard lourd de regrets.

—J'aurais préféré vous accompagner, maître, mais je vous obéirai : vous avez vos raisons, et je les respecte.

—Vous accompagner ? se récria Gomni. Ça veut dire que… vous allez plonger là-dedans, maître ? C'est de la folie pure. Je ne vous laisserai sûrement pas faire une chose pareille !

—Ah non ? Et comment comptes-tu m'en empêcher ?

Gomni contracta ses anneaux, agita ses segments supérieurs et défia Opaz du regard.

—Je… je… j'en appellerai à votre raison. Vous disiez tout à l'heure que les croyances peuvent conduire les peuples à l'anéantissement.

—Je ne suis pas le mieux placé pour donner des leçons : mon peuple lui-même est anéanti.

—Mais sur quoi reposent vos convictions ? s'énerva Gomni. Ce bassin est bien trop profond pour envisager autre chose que la noyade.

Opaz désigna Kaena d'un mouvement de tête.

—J'ai confiance en elle. En son… intuition.

—Intuition ? L'intuition aboutit à la croyance, et

la croyance à la destruction.

—Disons que je parie sur une hypothèse. Il faut parfois savoir prendre des risques. Bousculer les vieilles certitudes.

Kaena fixa encore une fois la sève parcourue de vaguelettes, adressa un sourire chaleureux à Essy, Ilpo et Assad, puis elle prit son élan et sauta dans la sève.

Elle perçut, avant de couler à pic dans les profondeurs du puits, l'onde de choc d'un deuxième plongeon, sans doute celui d'Opaz.

Puis la vibration plus ténue, plus lointaine, d'un troisième.

Qui avait sauté après le Vécarien ? Essy lui avait-il désobéi ?

Elle n'eut pas le temps de s'en inquiéter, car elle se trouva happée subitement par un courant à la puissance phénoménale.

13
Les racines d'Axis

De l'air…

Elle avait besoin d'air.

Ses poumons se déployaient comme des ailes de plumeux dans sa cage thoracique. La sève épaisse s'infiltrait par ses narines, tentait de forcer le barrage de ses lèvres. Elle n'aurait bientôt pas d'autre choix que de capituler et de laisser le liquide poisseux envahir tout son corps.

Elle avait probablement commis une erreur. Gomni était dans le vrai avec son implacable logique : on ne pouvait que périr noyé dans un puits d'une telle profondeur. La vitesse incroyable à laquelle elle descendait lui donnait l'impression de plonger en chute libre dans les mondes ténébreux du Grand Néant.

Elle aurait pu… elle aurait dû… mais à quoi bon ? Quel intérêt de rester en vie sans Zehos, sans les hommes, les femmes, les enfants de son peuple ? Son destin n'était pas de survivre en compagnie d'une poignée de rescapés. Les tremblements incessants d'Axis leur offraient de toute façon quelques jours, quelques mois, au mieux quelques années de sursis. Leur monde les avait abandonnés.

Kaena fut sur le point de renoncer, mais, tandis que ses lèvres se desserraient enfin, que les premières gouttes de sève se faufilaient entre ses dents, la sphère de lumière bleue lui apparut, éclatante, ravissante. Si nette, si proche qu'elle aurait pu la toucher rien qu'en tendant le bras. Elle eut alors la certitude que la solution se trouvait là, à l'intérieur de ce cœur étincelant.

Elle reprit empire sur elle-même. Tenir, encore quelques instants. Oublier les tiraillements lancinants de sa poitrine. Les coups répétés sur ses tympans. La dilatation douloureuse de ses veines. Le voile sombre et pesant qui lui tombait sur les yeux.

Elle perdit de la vitesse et flotta dans une sève presque aussi fluide que de l'eau. Elle était à bout de résistance. Son corps lui commandait d'inspirer de l'air. Sa volonté la déserta, elle perdit le contrôle de ses muscles, de ses nerfs. Sa bouche s'ouvrit malgré elle. Le réflexe respiratoire.

Fatal.

Des flots de sève s'engouffrèrent avec une telle force dans sa gorge qu'elle fut agitée de la tête aux pieds par une salve de hoquets. À demi étourdie, elle avala et cracha à plusieurs reprises. Elle se débattait pour échapper à l'emprise féroce du liquide quand elle heurta une surface dure, entrevit une lumière dans le lointain. Ce n'était pas l'éclat bleuté de la sphère de ses visions, mais une lueur jaune, tremblante. Elle se rendit alors compte qu'elle était recroquevillée sur une bordure lisse.

Elle respirait !

Vivante. Elle était sortie vivante du Puits des dieux ! Ses pieds trempaient encore dans la sève qui emplissait un bassin de forme circulaire. La substance ambrée et collante s'était infiltrée sous sa combinaison et l'entravait dans chacun de ses mouvements.

Elle reprit son souffle, cracha les dernières gouttes encombrant son palais et attendit que ses forces lui reviennent. L'odeur entremêlée de sève et de moisissure était insistante, presque écœurante. Elle se pencha au-dessus de la surface frémissante du bassin pour contempler son reflet. De la Kaena d'avant, il ne restait plus que les tatouages rituels de chaque côté de son front. Les épreuves avaient estompé les derniers vestiges de l'enfance, creusé les joues, durci les traits.

Elle s'interrogea tout à coup sur le sort d'Opaz, se redressa sur un coude et aperçut des corps étendus sur le sol d'une immense grotte. Elle reconnut les visages d'hommes, de femmes et d'enfants de la cité du Milieu. Leurs positions étranges, leur pâleur, leurs yeux grands ouverts, leurs traits détendus, comme apaisés, indiquaient qu'ils n'avaient pas survécu à cette terrible plongée dans le Puits des dieux.

Horrifiée, elle chercha Zehos des yeux. Elle ne put s'empêcher de ressentir du soulagement quand elle s'aperçut qu'il ne se trouvait pas parmi les corps sans vie.

Un bruit attira son attention. Quelque chose bougeait non loin du bassin.

—Quelle folie ! Nous aurions pu mourir vingt fois là-dedans ! Comment allez-vous, maître ?

La voix geignarde de Gomni ! Elle discerna les silhouettes du prothésiste et d'Opaz, allongés, essoufflés, dégoulinants de sève poisseuse.

—Cette fichue substance a dû endommager mon armure. Je savais bien que c'était une mauvaise idée.

—Je ne t'ai pas demandé de me suivre.

—Maître, vous ne pensiez tout de même pas que j'allais vous laisser seul en compagnie d'une folle !

Malgré la présence des cadavres, malgré sa détresse, Kaena fut presque heureuse d'entendre les voix de Gomni et d'Opaz. C'était une façon de se raccrocher à la vie dans un environnement gouverné par la mort.

—Et Kaena ? s'inquiéta Opaz.

—Je suis là, répondit-elle. Je vais bien.

—Ravi de l'apprendre, ronchonna le prothésiste. Le maître, lui, a perdu beaucoup de forces dans ce puits. Vraiment une très mauvaise idée de l'avoir entraîné…

—Je suis âgé de plusieurs centaines d'années à

l'échelle de ce système, protesta Opaz. Je suis assez grand pour assumer l'entière responsabilité de mes actes !

Le Vécarien se redressa sur un coude et se tourna vers Kaena. Son sourire ne parvenait pas à masquer l'extrême faiblesse qui ternissait ses yeux et creusait ses traits.

—Je crois que nous sommes arrivés au pied d'Axis, poursuivit-il. Ton intuition nous a fait gagner un temps précieux.

—J'en suis arrivé à la même conclusion que vous, maître, renchérit Gomni. Au sujet de notre situation géographique, et non au sujet de son intuition… Ma boussole intérieure nous indique que nous nous trouvons actuellement à la surface de la planète Astria. Un peu sous la surface plus exactement, quelque part dans les racines d'Axis. Quant à l'intuition de cette… de votre protégée, je préfère parler de coïncidence, ou d'un concours de circonstances.

Opaz observa les gouttes de sève accumulées dans les plis de sa combinaison.

—Ce liquide n'est pas de la sève ordinaire. Il a de fabuleuses propriétés d'accélération de la translation. Si nous avions coulé à la vitesse normale, nous serions morts noyés, comme tu le prévoyais, mon cher Gomni. La sève d'Axis est un transmetteur de matière, pas vraiment au sens où l'entend la science vécarienne, mais elle s'en rapproche étrangement. Grâce à un système de vases communicants, elle permet des déplacements à très grande vitesse d'un point à l'autre du tronc principal.

—À quelle source un arbre aurait-il puisé ce genre de pouvoir ? demanda Gomni avec une moue sceptique.

Opaz s'absorba dans ses pensées, puis fixa Kaena avec intensité.

—J'ai ma petite idée là-dessus. Et je dois m'en entretenir avec notre jeune amie.

—Retrouvons d'abord Vecanoï, dit Gomni à mi-voix. C'est lui que nous sommes venus chercher. Rien d'autre ne compte.

—Ils ne sont pas tous morts, objecta Kaena d'une voix sourde.

—La sève n'a peut-être pas rendu tous les corps, et…

Un coup de coude d'Opaz dissuada Gomni d'insister.

Kaena se leva avec difficulté, comme si elle était plus lourde que d'habitude.

Elle jeta un regard autour d'elle. La lumière ocre qu'elle avait entrevue en émergeant de la sève provenait d'une galerie voisine et projetait des ombres tremblantes sur les parois et le plafond de la caverne.

La jeune Sapienne entreprit de se débarrasser de sa combinaison, devenue plus encombrante qu'utile. Évitant de poser le regard sur les cadavres, elle s'aida de son poignard pour taillader le tissu, collé par la sève, et dégager les plaques métalliques. Elle ne garda que son bustier et son court pagne de tissu. Elle se sentit revivre quand le souffle de l'air effleura sa peau. Elle s'approcha d'Opaz et de Gomni pour les aider à se relever.

—De quoi voulais-tu m'entretenir? demanda-t-elle en tendant la main au Vécarien.

Opaz ignora les gestes et les mimiques de son prothésiste.

—C'est au sujet de Vecanoï. S'il a réellement survécu à l'écrasement du vaisseau, je n'aurai pas d'autre choix que de le…

Des hurlements déchirants couvrirent sa voix, se répercutèrent un long moment sur les parois et les voûtes, puis moururent en échos décroissants dans le silence lugubre.

—Je n'aime pas ça, chuchota Gomni. Si j'ai bien compris votre théorie, maître, cette sève a la capacité de nous ramener à la même vitesse dans la cité du Milieu. Retournons immédiatement à… à… Ah non! Ah non!

Le poignard à la main, la jeune Sapienne se dirigeait vers l'entrée de la galerie qui partait du fond de la grotte, et Opaz lui avait emboîté le pas.

Une vague bouillonnante de colère balaya Kaena lorsqu'elle enjamba les corps de deux enfants qu'elle connaissait. De nombreuses possibilités d'éliminer Elaïm s'étaient présentées à elle. Combien de fois avait-elle envisagé la mort du grand-prêtre? Elle avait toujours repoussé ce genre de pulsions, parce qu'elle avait éprouvé

— elle en prenait conscience à cet instant — une forme de compassion pour ce père de substitution. Elle regrettait amèrement sa faiblesse devant tous ces cadavres. Elaïm avait basculé dans la folie. Elle n'avait pas prévu qu'il entraînerait les Sapiens dans ses délires morbides, et le peuple du Milieu payait très cher son manque de clairvoyance.

Où étaient les autres ? Avait-elle définitivement perdu Zehos ?

Le murmure enchanteur reprit, s'élevant tout près maintenant. Ce n'était ni une musique ni une voix, mais une supplique prolongée, un lien vibratoire. Elle s'engagea dans la galerie, suivie d'Opaz et, un peu plus loin, de Gomni.

—Vous entendez ? demanda-t-elle sans se retourner.

—Entendre quoi ? ronchonna Gomni.

—Le murmure des profondeurs, l'appel d'Axis…

—Je n'entends rien, répondit Opaz.

—Et vous ne voyez pas non plus la sphère bleue ?

—Une nouvelle fois, maître, il est de mon devoir de vous signaler que nous sommes guidés par une folle !

La clarté jaune de la galerie ne provenait pas d'une flamme ou d'une lanterne, mais d'une colonne de lumière crachée par un orifice de la voûte. Son intensité variait sans cesse : tantôt elle dévoilait le passage sur toute sa longueur, tantôt elle ne révélait que le haut des parois tapissées de radicelles.

—La lumière de Zaïon, je suppose, dit Gomni. Ce sont les passages nuageux qui provoquent ces changements de luminosité. Un simple phénomène météorologique. Aucune magie là-dessous !

Ils marchaient sur un sol souple, que Kaena n'avait encore jamais foulé. L'écorce, les feuilles et la mousse avaient disparu. De gigantesques racines barraient la galerie sur toute sa largeur et les obligeaient à faire un peu d'escalade. Gomni se servait de ses ailes pour aider Opaz, encore faible, à franchir les obstacles les plus difficiles.

Les hurlements retentirent à plusieurs reprises, aigus, terrifiants. À chaque fois, Gomni sursautait et suppliait son maître de rebrousser chemin, mais, calé dans le sillage de Kaena, Opaz ne prêtait aucune attention à ses jérémiades.

Ils parcoururent plusieurs galeries en enfilade, les unes partiellement éclairées par des colonnes de lumière, les autres plongées dans une obscurité totale.

—Et cette maudite veilleuse qui ne veut pas fonctionner ! À cause de cette satanée sève !

Gomni appuyait avec frénésie sur l'une des nombreuses touches serties sur le devant de son armure. Ses segments articulés s'entrechoquaient dans une débauche de grincements. La sève, en séchant, entravait ses jointures métalliques ; elle avait aussi endommagé certains de ses circuits.

—La sphère bleue ! s'exclama Kaena.

Elle désignait une lueur bleutée dans le lointain.

—Tu persistes à penser qu'elle est folle, Gomni ? lança Opaz.

Le prothésiste contracta son premier anneau, sa manière à lui de hausser les épaules.

—Je persiste à penser que nous devrions rebrousser chemin avant qu'il ne soit trop tard.

À nouveau gagnée par l'exaltation, Kaena chassa ses pensées moroses et recouvra toute son énergie. Elle parcourut presque au pas de course la dernière galerie, distançant ses deux compagnons, et déboucha sur une corniche étroite qui surplombait une gigantesque salle baignée de lumière bleue.

14
L'épave

Vécar II… L'épave de notre… de mon vaisseau ! s'exclama Opaz.

Une énorme masse, à demi immergée dans une nappe de sève bleutée, occupait le centre de la salle souterraine. Elle rappelait à Kaena la forme du vaisseau en construction au sommet d'Axis, en nettement plus volumineux.

Des racines gigantesques tombaient du plafond de la salle et perforaient la partie supérieure de l'épave. Elles jaillissaient ensuite comme des langues monstrueuses des brèches de ses flancs rebondis, formaient de véritables ponts enchevêtrés au-dessus de la surface de la sève, s'enfonçaient dans le sol tout autour de la nappe et ressortaient un peu partout en échines arrondies ou noueuses. On discernait, creusées dans le bois, des ouvertures circulaires qui ressemblaient à des portes ou à des fenêtres.

—On dirait des habitations, murmura Kaena

Des fils suspendus de sève séchée, teintés de

bleu eux aussi, reliaient les renflements entre eux et convergeaient vers les racines qui surplombaient l'épave. Le tout évoquait une immense toile d'aragne où gisaient des formes immobiles, indistinctes. Des cascades ambrées s'écoulaient des niveaux supérieurs en terrasse et, avec un bruissement musical, se déversaient dans la dizaine de canaux qui sinuaient entre les reliefs et alimentaient le bassin central. Une atmosphère de désolation et de menace régnait sur les lieux.

—Vous êtes certain qu'il s'agit de l'ancien vaisseau, maître ? chuchota Gomni.

—L'image et les plans de *Vécar II* font partie des connaissances qui m'ont été implantées à la naissance. Je suis absolument formel. Et je constate qu'il ne s'est pas disloqué lors de l'écrasement : il s'est échoué dans une sorte de nappe phréatique.

C'était de là, des profondeurs de cette vaste étendue de sève, que montait la lumière bleue, atténuée mais suffisamment puissante pour éclairer l'ensemble de la salle.

Opaz s'avança d'une démarche vacillante sur le bord de la corniche. Gomni se rapprocha aussitôt de son maître et tendit ses segments supérieurs au-dessus de ses épaules pour le retenir en cas de chute.

—Ces sortes de grottes creusées dans les racines, cette toile, ce bassin : il semble qu'il y ait ici une vie organisée, intelligente, déclara le Vécarien.

—Les probabilités sont infimes, maître.

Gomni parlait à mi-voix tout en jetant des regards effrayés sur les environs.

—Vous avez envoyé un grand nombre d'assistants en mission de reconnaissance, reprit le prothésiste. Pas un seul d'entre eux ne vous a adressé un quelconque rapport au sujet d'une éventuelle civilisation astrienne.

—Voyons, Gomni, ils ne sont jamais descendus à la surface d'Astria, ni dans les racines d'Axis. Et, puisque tu parles de probabilités, les chances ne sont pas nulles de trouver des êtres vivants sur Astria.

—Des espèces animales, peut-être. Encore que la surface de la planète offre peu de ressources d'après ma banque de données, incomplète j'en conviens.

Kaena chercha des yeux le moyen de descendre de la corniche. Elle découvrit un escalier grossier taillé à flanc de paroi. Les marches s'incurvaient en leur milieu, tellement usées que certains passages n'étaient plus que pentes raides et lisses.

Le murmure intérieur se faisait désormais pressant, presque douloureux. Kaena se rapprochait de son but. Sa jeune existence, elle en prenait conscience, avait toujours été tournée vers ce moment. Ses expéditions dans les ramures d'Axis, son inlassable curiosité, son opposition viscérale au culte de la sève, ses dessins dans les carnets, ses longues méditations solitaires, tout cela l'avait préparée à cette rencontre décisive avec la mystérieuse entité tapie dans les profondeurs d'Axis.

—Des animaux n'auraient pas construit ce genre d'habitations, remarqua Opaz. Ni cet escalier. Cet endroit ressemble à une cité, et non à une tanière.

—Je m'inscris en faux, maître : des êtres évolués auraient essayé de prendre contact avec vous.

—Sauf s'ils ignoraient ma présence. Et sauf s'ils sont totalement allergiques aux autres formes de vie.

—Que faisons-nous pour Vecanoï, maître ?

Opaz se tourna vers Kaena.

—À propos de Vecanoï, je n'ai pas eu le temps de finir ce que je voulais te dire tout à l'heure.

—Hum, hum… je vous recommande de tourner sept cent soixante-dix-sept fois votre langue dans votre bouche avant de parler, maître !

Le Vécarien balaya la remarque impertinente de Gomni d'un mouvement de bras, et dit d'une voix ferme :

—Si tu retrouves des survivants de ton peuple, ils seront en danger à cause de moi. Eux, Axis, toi, vous serez tous en danger à cause de moi.

—Ne l'écoute pas ! insista Gomni. Le plongeon dans le Puits des dieux a… euh… fatigué le maître.

D'un signe de main, Kaena pria Opaz de poursuivre.

—Nous nous sommes demandé si Vecanoï et Axis étaient liés, tu t'en souviens ?

Elle acquiesça d'un hochement de tête.

—Mon hypothèse est qu'ils sont plus que liés : ils ne font qu'un.

—Malgré tout le respect que je vous dois, vous perdez la tête à votre tour, maître ! s'insurgea Gomni.

—Axis est né juste après l'écrasement du vaisseau, poursuivit Opaz. Vecanoï a survécu et a créé Axis.

—Absurde, maître ! À quoi lui servirait un axe végétal ? Si Vecanoï avait réellement survécu, il aurait plutôt tenté de réparer le vaisseau, il vous aurait cherché.

Opaz chancela, prit appui sur l'un des segments articulés du prothésiste.

—Sauf s'il croyait tous les Vécariens disparus. Et sauf si quelque chose, ou quelqu'un, l'en avait empêché.

—On vous a pourtant implanté une fenêtre du savoir à votre naissance, maître. Il vous aurait localisé.

—J'étais bien trop jeune pour recevoir la molécule réceptrice-émettrice qui m'aurait permis de communiquer avec lui. Il n'avait donc pas la possibilité de détecter ma présence. Et comme, de mon côté, je le considérais comme perdu, je ne suis jamais parti à sa recherche. Nous nous sommes ratés mutuellement, lui, le dépositaire du savoir vécarien, et moi, le dernier des Vécariens. L'intuition de Kaena a réussi là où notre somme de connaissances a échoué.

Il marqua un temps de silence, puis se redressa et s'avança vers Kaena, suivi comme son ombre par Gomni.

—J'ai perdu plusieurs siècles à caresser un rêve impossible, reprit-il. Vecanoï gisait dans les racines d'Axis, et je m'éloignais chaque jour un peu plus de lui.

—Nous n'avons pour l'instant aucune preuve de son existence, objecta Gomni.

—Non, mais des indices convergents. Parmi lesquels cette lumière bleue, caractéristique de la technologie vécarienne. Les miens m'ont confié une mission en m'éjectant dans le module de survie. Je dois maintenant m'acquitter de ma tâche : sauver le patrimoine vécarien, récupérer Vecanoï.

Les yeux noirs d'Opaz avaient retrouvé en partie leur flamme lorsqu'il avait prononcé ces derniers mots.

—Que veux-tu dire exactement par récupérer ? demanda Kaena.

La réponse s'était déjà imposée à elle, mais elle refusait pour l'instant de l'accepter.

—Le ramener dans mon vaisseau, achever l'œuvre entreprise par mes pères, explorer l'univers, trouver le monde accueillant que Vecanoï pourra repeupler avec notre espèce.

—Et que se passera-t-il pour mon peuple ?

Opaz se frotta le menton avec deux de ses interminables doigts.

—Axis ne survivra pas au départ de son créateur, finit-il par répondre d'une voix sourde.

—Alors nous n'aurons plus de monde, plus de ressources, nous serons tous condamnés à mort !

s'écria Kaena d'une voix vibrante d'indignation. Tu veux donc nous sacrifier, comme le grand-prêtre ?

—J'ai longtemps cru que vous n'étiez qu'un ramassis de primitifs sans intérêt, plus proches de l'animal que de l'être évolué. Mais tu es différente, Kaena. Viens avec moi : ta place est à mes côtés, dans le vaisseau.

—Je n'abandonnerai jamais les miens !

—Gomni a sans doute raison, pour une fois : ils sont tous morts.

—Tu oublies Essy, Ilpo…

—Ton monde lui-même se meurt. Axis tremble et ne donne pratiquement plus de sève. Tu dois comprendre que je ne peux pas abandonner Vecanoï…

—… à un ramassis de primitifs ? À de stupides mangeurs de verdaxes ?

—Il ne s'agit pas de ça. Son formidable potentiel s'exprimera mieux dans un autre contexte.

Kaena tira son poignard de la ceinture de son pagne et le brandit à la face d'Opaz. Poussant un couinement, Gomni vint se placer entre la jeune Sapienne et son maître.

—Nous n'aurions jamais dû nous rencontrer, lâcha Kaena avec une moue de mépris. Ton savoir magnifique ne vaudra jamais l'amour des miens. Je te rends ton poignard. Je te remercie de m'avoir soignée, mais je ne veux plus rien te devoir, et tu pourrais en avoir besoin pour retourner dans ton vaisseau.

Elle jeta l'arme aux pieds du Vécarien. Le poignard heurta un segment inférieur de Gomni après avoir rebondi sur le sol. Le prothésiste faillit perdre l'équilibre, et se rattrapa comme il le put à une aspérité de la paroi.

—Essaie de comprendre, Kaena…

Elle pivota sur elle-même et commença à dévaler l'escalier. Les yeux brouillés de larmes, elle ignora les supplications du Vécarien. Comment avait-il pu penser qu'elle le suivrait sans se soucier du sort des autres Sapiens ? Ne comprenait-il pas qu'elle ne pouvait se dissocier de son peuple ?

La colère de Kaena occulta le murmure qui continuait de s'amplifier en elle. Elle crut entendre Gomni exhorter son maître à chercher Vecanoï, à quitter au plus vite cet endroit et ce monde de malheur.

En bas de l'escalier, elle marcha sur un bout de peau de verdaxe, le ramassa et l'examina : un morceau de vêtement sapien. Elle reprit espoir, leva la tête, chercha des yeux de nouveaux indices du passage des siens. Le gigantisme de la salle la frappa. Elle n'avait pas eu la même impression de démesure du haut de la corniche. Elle se sentit minuscule, insignifiante, devant les racines titanesques arrosées de lumière bleue. Les filaments de sève séchée étaient eux-mêmes de l'épaisseur d'un bras. Des vibrations parcouraient la toile tout entière bien qu'il ne soufflât aucun courant d'air. Ces frémissements évoquaient plutôt un système de communication, un langage mystérieux, propagé par les fils dans les habitations. Si la sève d'Axis avait la propriété d'accélérer le déplacement des corps, elle pouvait certainement transmettre des sons.

Kaena resta sourde aux appels répétés d'Opaz. Il ne s'intéressait pas aux autres formes de vie, il s'était servi d'elle pour retrouver Vecanoï. Elle avait fait preuve d'une grande naïveté en se figurant qu'une relation complice s'était nouée entre cet être venu d'un lointain ailleurs et elle, une Sapienne, une primitive. Rien n'avait plus d'importance aux yeux du Vécarien que récupérer les connaissances accumulées par son peuple et repartir dans sa quête d'un nouveau monde. Prisonnier de son passé, il refusait de regarder le présent, il choisissait de poursuivre un rêve oublié plutôt que d'essayer de sauver le peuple du Milieu. Elle ne pouvait lui en vouloir : il avait vécu dans la solitude pendant plusieurs centaines d'années, et la compagnie des prothésistes, dont l'intelligence n'était qu'un pâle reflet de la sienne, ne l'avait pas vraiment préparé à la confrontation avec d'autres espèces.

Kaena se contint pour ne pas lancer un dernier regard vers la corniche, vers l'escalier, et s'engagea dans une allée entre deux piliers en direction de l'ancien vaisseau. Les vibrations de la gigantesque toile prenaient une résonance menaçante dans l'atmosphère lugubre des entrailles d'Astria.

La jeune Sapienne s'arrêta pour examiner l'une des formes prisonnières des fils entrecroisés : une coquille noire, étirée, d'une longueur de deux hommes. La toile ne servait pas seulement d'instrument de communication, elle avait visiblement pour fonction d'empêcher les indésirables de pénétrer dans la cité.

La salle semblait emplie d'une ombre froide. Kaena regretta d'avoir jeté son poignard aux pieds d'Opaz. Elle se sentait aussi nue et vulnérable que face à un grand sharken. Elle explora les environs du regard, mais ne distingua aucun objet qui aurait pu remplacer l'arme offerte par le Vécarien.

Axis...

Axis pouvait l'aider. Elle avait toujours eu une confiance aveugle en son monde. Axis lui avait sauvé la vie à plusieurs reprises, avait tendu ses branches et ses feuilles pour amortir ses chutes, lui avait proposé des abris pour se protéger des pluies, du vent et des prédateurs. Ses tremblements avaient emporté ses parents, tué des hommes, des femmes et des enfants du peuple sapien, détruit une grande partie de la cité du Milieu, et, pourtant, jamais il ne l'avait déçue, jamais leur complicité ne s'était brisée.

Elle se concentra sur le murmure tout en continuant d'avancer. Elle passa devant ce qui semblait être une habitation creusée dans la saillie d'une racine. Le fil de la toile venait s'accrocher au sommet arrondi du renflement. Par une ouverture circulaire, Kaena entrevit l'intérieur, faiblement éclairé. La lumière, bleue elle aussi, provenait d'un petit puits de sève entouré d'une margelle de bois. Elle ne distingua aucune silhouette, aucun meuble, aucune trace de présence.

Elle parcourut une succession d'allées bordées de chaque côté d'échines et de piliers aux formes torturées. À mesure qu'elle se rapprochait du vaisseau, le murmure augmentait en elle. Dans chacune des habitations se découpait la surface frissonnante et bleutée d'une petite vasque de sève.

Alors qu'elle arrivait en vue de l'épave, un flot d'images et de sensations se déversa en Kaena. Le souffle coupé, elle vacilla et dut s'adosser à une racine verticale. Elle eut l'impression d'être fendue de part en part par une lame brûlante.

Vecanoï était attaqué ! Comme dans son rêve.

Les images déferlaient dans son esprit à une vitesse folle sans qu'il lui fût possible de leur donner un ordre ou un sens. Elles n'appartenaient pas à son monde, elles ne représentaient aucun paysage, aucun visage connu. Elles exprimaient une violence guerrière, elle traçaient en elle un sillage de souffrance et de haine.

Au-dessus d'elle, la toile vibrait sans discontinuer. Un grondement retentit, une secousse ébranla le sol. Des nuages de poussière se détachèrent de l'invisible voûte et se répandirent dans l'allée. L'intensité de la lumière bleue faiblit, et la salle baigna dans une pénombre, indéchiffrable.

Kaena tomba à genoux et se recroquevilla sur elle-même, le visage enfoui dans ses mains. Une douleur atroce se déployait dans son crâne, se répandait dans ses membres. Un deuxième tremblement se produisit, plus important que le premier. Elle pensa que les racines allaient se briser et le plafond de la salle s'écrouler. Les muscles de son dos et de son cou se contractèrent dans l'attente du choc.

Puis tout s'apaisa, les tremblements cessèrent, le flot d'images se tarit et la souffrance s'estompa. Kaena perçut à nouveau le murmure d'Axis, presque un gémissement désormais. Elle se releva et se remit en marche.

Elle atteignit le bord de l'immense cuve où reposait le vaisseau vécarien. La lumière avait recouvré son intensité et repoussé l'obscurité. Elle jaillissait des profondeurs du bassin, transperçait les nuées de poussière, barbouillait le bas de l'épave d'un bleu vif, presque aveuglant. De près, on distinguait, entre les racines entremêlées, les passerelles, les portes et les hublots de l'appareil écrasé des siècles plus tôt sur Astria. Il avait traversé des distances que, selon Opaz, l'esprit ne pouvait pas imaginer.

Kaena se souvint du ciel étoilé qu'elle avait découvert au sommet d'Axis. Une émotion puissante la souleva, comme si une histoire très ancienne les liait, son peuple et elle, à ce géant de métal.

Il lui sembla entendre, au-delà des frémissements de la toile, des cris et des gémissements. En elle grandit la certitude qu'elle trouverait les siens à l'intérieur du vaisseau.

Mais comment s'y introduire ?

Un examen attentif ne lui montra aucun accès extérieur. Les brèches étaient toutes hermétiquement bouchées par les racines, qui formaient une sorte de carapace végétale autour de l'épave.

Kaena n'avait pas d'autre choix que plonger dans le bassin de sève. Elle rejeta d'abord cette idée, encore traumatisée par son passage dans le Puits des dieux. Axis lui réclamait un nouvel acte de confiance. Elle fixa jusqu'au vertige la sève bleutée. Elle était très proche maintenant de la sphère éblouissante de ses visions, sans doute coincée sous l'énorme masse du vaisseau vécarien.

Des racines plongeaient dans le fond du bassin en marches irrégulières. Kaena endigua une nouvelle poussée de panique, et commença à s'enfoncer dans la sève. Les voix entremêlées d'Opaz et de Gomni retentirent derrière elle. Jamais elle ne s'était sentie aussi seule, même pendant ses longues explorations dans les ramures d'Axis. Cette lente immersion avait quelque chose d'une descente dans les mondes de l'au-delà.

Dans un vide désespérant.

Alors qu'elle avait de la sève au niveau de la taille, de violents remous agitèrent la surface du bassin. Une boule d'angoisse obstrua la gorge de

Kaena. Elle voulut rebrousser chemin, mais, en pivotant sur elle-même, elle glissa et s'affala de tout son long. Du coin de l'œil, elle vit une silhouette terrifiante émerger de la sève. Elle n'eut pas d'autre ressource que de pousser un hurlement.

15
Prisonnière des Sélénites

Haena rouvrit les yeux et reprit sa respiration. Le trajet s'était effectué à une telle vitesse dans les profondeurs du bassin qu'elle n'avait pas eu le temps de paniquer. La silhouette s'était jetée sur elle, l'avait saisie par les cheveux et entraînée dans la sève. Elle avait éprouvé une douleur vive au cuir chevelu, puis une sensation de déplacement fulgurant.

La créature et elle venaient d'émerger dans une petite pièce souterraine éclairée par la lumière bleue. Des gouttes poisseuses dégoulinaient dans les yeux de Kaena, collaient ses cils et l'empêchaient pour l'instant de distinguer les détails. Elle entrevit une forme claire et mouvante dans un renfoncement de la paroi. Maintenue par les cheveux hors de la sève, elle s'efforçait de rester immobile, craignant qu'au moindre mouvement sa peau ne se détache de son crâne. Une énergie maléfique se dégageait de cet endroit, de ces créatures. Même en disposant de son poignard, Kaena ne se serait pas sentie de taille à lutter contre de tels adversaires.

—Quel effet cela fait-il de rencontrer ses dieux ?

La voix grave la fit tressaillir. Elle provenait de la forme lovée dans le renfoncement de la paroi. La pensée effleura Kaena que le grand-prêtre avait toujours eu raison, et qu'en refusant de s'associer au culte de la sève elle avait attiré la malédiction sur la cité du Milieu. Puis elle rejeta cette idée : des dieux véritables n'auraient pas traité le peuple sapien avec une telle cruauté, des dieux véritables auraient empêché Axis de trembler, des dieux véritables n'auraient pas voulu la mort de tous ces hommes, de ces femmes et de ces enfants, des dieux véritables ne l'auraient pas séparée de ses parents.

—Vous n'êtes pas des dieux.

La douleur l'avait empêchée de mettre toute la force de sa conviction dans sa voix.

La forme s'agita dans le renfoncement de la paroi, se déploya, se dressa de toute sa hauteur sur le bord de la vasque. Kaena aurait été incapable de dire si elle était faite de matière ou de lumière. Certains de ses organes internes et les arborescences de ses veines apparaissaient sous sa peau claire, légèrement ambrée. Très grande et fine, entièrement glabre, elle possédait un corps, un cou, une tête, des bras et des jambes aussi longs que les pattes de certains insectes. La gravité de sa voix semblait indiquer qu'il s'agissait d'un mâle, mais aucun autre détail ne confirmait cette impression. Au milieu de son visage brillaient des yeux ronds, presque totalement mangés par des pupilles dilatées. Un demi-sourire donnait un air cruel à ses traits fins, presque aiguisés.

—En tout cas, nous vous l'avons fait croire avec une telle efficacité que les tiens ont eu cette idée stupide de nous rejoindre et de plonger dans le puits.

La douleur déborda de son crâne et se répandit dans la colonne vertébrale de Kaena. Elle eut le mauvais réflexe de se débattre. Elle crut que ses cheveux s'arrachaient d'elle par poignées.

—Je suis Voxem, le grand principe mâle du peuple des Sélénites, reprit son interlocuteur. J'étais chargé des relations avec votre grand-prêtre. Je lui apparaissais régulièrement dans le puits du temple pour lui transmettre nos instructions. Voilà pourquoi nous avons approximativement emprunté votre forme et appris votre langue. Nous sommes des métamorphes : nous pouvons prendre toutes les formes, une particularité qui est parfois bien utile. L'expérience montre qu'on prête une oreille plus attentive à ceux qui vous ressemblent. Un bon croyant est un croyant qui s'identifie à son dieu. Nous avions besoin de sève. Comme ses prédécesseurs, le grand-prêtre nous a servis avec zèle pendant des années. Avec un peu trop de zèle : nous ne lui avions jamais ordonné d'entraîner tout son peuple dans le puits.

Sur un signe de Voxem, Kaena fut tirée hors de la sève et relâchée sur le sol. Des larmes de soulagement roulèrent sur ses joues. Elle put enfin observer la créature qui l'avait capturée : elle ressemblait comme une sœur jumelle à Voxem, même finesse, même peau translucide et ambrée, même absence de pilosité, mêmes traits aiguisés, mais, plus petite, elle ne dépassait la Sapienne que de deux têtes. On ne pouvait pas non plus lui attribuer un sexe, pourtant Kaena eut la certitude qu'il s'agissait d'une femelle.

Voxem se pencha sur Kaena et approcha son visage tout près du sien. De sa bouche suintait une substance visqueuse et luisante.

—Votre espèce n'aurait jamais dû voir le jour. Vous nous étiez utiles au début, mais, bientôt, nous n'aurons plus besoin de vous. Notre grande guerre va prendre fin.

Chacun de ses mots traçait à l'intérieur du crâne de Kaena ces sillages douloureux qu'elle avait expérimentés plus tôt, lors de l'attaque de Vecanoï.

—Votre… guerre ?

—Contre votre créateur. L'envahisseur qui a failli provoquer l'anéantissement du peuple sélénite.

—La sphère bleue ! s'exclama Kaena. C'est donc toi et les tiens qui l'attaquez ! Toi et les tiens qui provoquez les tremblements d'Axis !

Voxem marqua sa surprise et sa perplexité d'une ondulation de la tête.

—Comment peux-tu savoir que… Ah oui ! Celui que tu es allée chercher au sommet d'Axis. Il t'a sans doute parlé.

Ce fut au tour de Kaena d'avoir une réaction d'étonnement.

—Tu te demandes comment nous sommes au courant de tout cela, n'est-ce pas ? poursuivit le Sélénite. Nous sommes les Maîtres de la sève. Rien de ce qui concerne le peuple du Milieu ne nous est étranger. Certaines espèces inférieures nous servent d'auxiliaires et nous transmettent de précieuses informations à votre sujet.

Kaena se souvint qu'un liquide semblable à la sève s'était écoulé de la crête sectionnée du maraudeur.

—Le maraudeur…

—Nous, nous l'appelons le gardien, précisa Voxem. Nous le contrôlons par la sève. Son rôle était de vous effrayer, de vous maintenir dans les frontières que nous avions fixées. Et aussi de nous renseigner. Mais tu as franchi la Mer des nuages et tu lui as échappé. Tant mieux, finalement : tu es allée chercher celui dont nous avions besoin. Comme nos auxiliaires ne s'aventurent jamais au sommet d'Axis, nous ignorions son existence avant que tu ne le ramènes à la cité du Milieu. Sans le savoir, tu nous as rendu un fier service.

—Qu'est-ce que vous lui voulez ?

—Il est le dernier descendant des maudits qui ont envahi notre monde, ces vils adorateurs de l'esprit de lumière. Il sait sans doute comment détruire la sphère bleue. Quand nous l'aurons vaincue, la sève coulera en abondance sur notre monde, et notre peuple retrouvera sa grandeur.

—Et mon peuple ?

Un rictus tordit la bouche suintante de Voxem.

—Condamné à disparaître, comme toutes les aberrations.

—Ce monde est assez généreux pour nourrir deux peuples…

Le Sélénite tourna autour de Kaena à la vitesse d'un tourbillon.

—Non, mille fois non ! Vous avez besoin d'Axis pour survivre, et Axis, pour grandir, pour vous nourrir, épuise nos réserves de sève et transforme notre monde en désert. Notre reine n'a plus assez d'énergie pour enfanter, et cela fait trop longtemps que les générations n'ont pas été renouvelées. La guerre contre l'esprit de lumière bleue nous coûte aussi de grandes quantités de sève. Voilà à quoi servaient en partie les récoltes du peuple sapien : à faire la guerre à leur propre créateur.

Kaena esquissa quelques mouvements pour assouplir la sève qui, en séchant, l'enserrait à la façon d'une gangue.

—La sphère bleue nous aurait… créés ?

Les éclats du rire de Voxem s'enfoncèrent comme des lames brûlantes dans le cerveau de la Sapienne.

—Eh oui ! Nous ne sommes pas vos créateurs, seulement des usurpateurs ! Juste après la grande explosion, l'esprit de lumière bleue a d'abord engendré Axis, puis les diverses espèces qui l'ont peuplé. Ne me demande pas pourquoi. Ses raisons nous restent inconnues. Peu importe, dans le fond : nous voulons seulement retrouver notre monde tel qu'il était avant son arrivée.

—Vous avez... exterminé tous les miens ?

La respiration de Kaena se suspendit dans l'attente de la réponse.

—Nous attendons. Si celui que tu es allé chercher au sommet d'Axis ne réussit pas à détruire l'esprit de lumière bleue, nous aurons encore besoin des tiens pour récolter la sève.

Elle poussa un long soupir de soulagement.

—Ils ne vous obéiront plus. Ils savent maintenant que vous n'êtes pas des dieux.

—Nous utiliserons d'autres moyens. Celui-ci, par exemple.

Le Sélénite avait accentué les dernières syllabes. Une onde puissante transperça le crâne de Kaena. Ses jambes flageolèrent, et elle s'effondra sur le bord de la vasque, tétanisée, pantelante.

—Vous devriez maudire votre créateur de vous avoir faits si faibles, si démunis, ricana Voxem. Votre espèce ne mérite aucun autre avenir que la mort ou la servitude.

Kaena attendit que la douleur s'éloigne pour se relever. Chancelante, elle en appela à toute sa volonté pour se tenir droite devant le Sélénite, presque deux fois plus grand qu'elle.

—Vous vous croyez supérieurs, mais une espèce incapable de s'adapter, incapable d'accueillir une nouvelle forme de vie n'a plus aucun avenir, déclara-t-elle d'une voix ferme.

—Ne renverse pas les rôles : c'est vous qui n'êtes pas adaptés, rétorqua Voxem avec un sourire. Pas davantage que les envahisseurs qui se sont abattus sur notre monde. Nous ne pouvions pas savoir que nous aurions besoin d'eux pour lutter contre l'esprit de lumière bleue. Sinon, nous en aurions épargné quelques-uns.

—Vous les avez… tués ?

—Bien sûr. Tous ceux qui ont survécu à l'écrasement de leur machine.

—Pourquoi ?

—Je viens de te le…

Des remous agitèrent la surface de la vasque. L'autre Sélénite entra dans la sève jusqu'à la taille et tendit ses interminables bras en direction de Voxem. Les extrémités de leurs doigts se touchèrent, puis, les yeux clos, ils s'abîmèrent pendant quelques instants dans une communication silencieuse.

—Le dernier descendant des envahisseurs approche, dit soudain Voxem. Ma reine requiert ma présence pour la bataille finale.

—Il n'était qu'un nourrisson lorsque le vaisseau s'est écrasé sur ce monde, plaida Kaena. C'est maintenant un faible vieillard. Que ferez-vous de lui s'il échoue ?

Voxem rouvrit les yeux et se tourna vers Kaena avec une lueur sardonique dans le regard.

—Il rejoindra les siens.

—Nous pouvons sans doute trouver une autre solution. Vous parlez notre langage, nous partageons les mêmes…

—Pas question ! Laisser vivre des parasites, c'est prendre le risque d'être éliminés. Quand nous serons débarrassés de l'esprit maléfique, je pourrai enfin féconder ma reine et repeupler notre monde.

—Nos deux peuples ont partagé le même espace pendant plusieurs siècles, et aucun d'eux n'est…

—En voilà assez !

Voxem replia les bras. L'autre Sélénite sortit de la vasque, s'avança vers Kaena, la saisit à nouveau par les cheveux et la plongea sans ménagement dans la sève.

L'immersion avait duré le temps d'un battement de cils. La Sélénite hala Kaena hors de la sève et la traîna vers une porte métallique bloquée par une grosse barre. La substance poisseuse glissait sur sa peau translucide comme de l'eau sur les plumes des volants. D'une main, elle fit glisser la longue traverse sans relâcher les cheveux de Kaena, puis elle entrouvrit la porte et poussa brutalement sa prisonnière à l'intérieur d'une petite pièce. La jeune Sapienne roula sur le sol, se releva aussitôt et revint sur ses pas pour empêcher sa geôlière de refermer le battant. Trop tard : la barre avait déjà coulissé dans un grincement horripilant.

Kaena tambourina rageusement sur le panneau métallique. Après avoir évacué une partie de sa colère, elle commença à sangloter, puis elle sentit une présence dans son dos. Elle se retourna avec une telle vivacité que des plaques de sève à demi séchée se détachèrent de son corps.

Serrées les unes contre les autres, des ombres émergeaient silencieusement de l'obscurité.

16
L'évasion

Kaena !

Quelqu'un s'était jeté sur elle et l'avait serrée à lui couper le souffle. Elle n'avait pas vu son visage, mais l'avait immédiatement reconnu à sa voix, à son odeur, à sa façon de respirer.

—Zehos…

De même, elle connaissait les silhouettes qui l'entouraient, les enfants au premier rang, les femmes, les hommes… Elle avait enfin retrouvé les rescapés de son peuple.

—Essy, balbutia Zehos. Est-ce qu'il…

—Il est vivant. Il va bien. Il est en sécurité dans le Milieu.

Deux garçons s'approchèrent de Kaena et lui saisirent les mains avec une ferveur embarrassante.

—Tu viens nous sauver, Kaena ?

Elle ne sut que répondre, la gorge nouée par l'émotion. L'espoir leur enflammait les yeux. Elle avait la sensation de flotter au milieu d'une nuée d'étoiles scintillantes.

—Tu es allée de l'autre côté de la Mer des nuages ? demanda le deuxième garçon.

Elle se détacha doucement de Zehos et s'accroupit entre les enfants.

—J'ai vu des choses merveilleuses, et j'espère vous emmener les voir un jour.

—Il faut d'abord que tu nous sortes de là.

—Nous avons exploré chaque recoin, intervint Zehos. Nous n'avons trouvé aucune faille. Le sol, le plafond et les murs sont plus durs que le bois le plus dur !

Une vague de découragement submergea Kaena. La puissance des Sélénites ne leur laissait que peu d'espoir de regagner un jour la cité du Milieu. Et quand bien même, en admettant qu'ils réussissent, quel avenir leur restait-il ? Elle se releva et, à nouveau, s'abandonna dans les bras de Zehos. À son contact, dans sa chaleur, s'éveillèrent des sensations inconnues, un désir pressant d'explorer des territoires différents, plus intimes. De timides rayons bleutés se glissaient par les ouvertures circulaires, que les prisonniers avaient sommairement nettoyées de leur poussière, effleuraient des objets aux formes étranges renversés sur le sol

Le murmure de la sphère de lumière continuait de résonner en Kaena, mais en sourdine, comme affaibli par la dernière offensive des Sélénites. Des gémissements continus berçaient le silence profond.

—Tu sais où nous sommes ?

Kaena identifia la voix à la fois autoritaire et grave d'Enode, le responsable des récolteurs.

—Dans une pièce d'un… d'une maison volante qui vient d'un autre monde. Elle s'est écrasée il y a de cela très longtemps. Elle a un lien avec les tremblements d'Axis, avec la sève, avec nous, avec ceux qui nous ont emprisonnés, mais ce serait trop long à expliquer…

Par-dessus l'épaule de Zehos, elle tenta de voir d'où provenaient les gémissements, et discerna une silhouette prostrée contre une paroi.

—Le grand-prêtre, dit une femme qui avait suivi la direction de son regard. Les hommes ont voulu lui régler son compte, mais ce n'était pas la peine : il a perdu ce qui lui restait d'esprit.

—Il nous a menti, il a entraîné un grand nombre d'entre nous à la mort ! glapit Enode. Nous aurions dû l'exécuter.

—Elaïm a été trompé, comme nous tous, affirma Kaena. Les créatures des racines d'Axis lui apparaissaient dans le bassin du temple et lui faisaient croire qu'ils étaient des dieux. Son cœur était sincère : il pensait agir pour le bien de tous les Sapiens.

—Qu'est-ce qu'on peut faire maintenant ? hurla une femme.

À nouveau, Kaena se sentit gagnée par un sentiment d'impuissance. Elle puisa un peu de réconfort et de courage dans les yeux brûlants de Zehos.

—Essy m'a raconté ce qui s'est passé, chuchota-t-elle. Tu t'es sacrifié pour lui sauver la vie.

—Je n'ai pas pu empêcher le grand-prêtre et ses partisans d'entraîner tous les autres vers le Puits des dieux, soupira-t-il d'une voix chargée de colère et de tristesse.

Kaena se hissa sur la pointe des pieds pour déposer un baiser furtif sur ses lèvres.

—Il faut que nous sortions de là, Zehos. Nous avons encore tellement de choses à découvrir ensemble. Nous n'avons pas commencé à vivre…

Un hurlement strident l'interrompit, suivi d'un grésillement persistant.

—Là, là…

Une femme désignait un cercle rougeoyant sur la paroi du fond. Des gerbes d'étincelles fusaient du métal enflammé. Leurs lueurs vives embrasaient l'ensemble de la pièce et éclairaient le grand-prêtre, prostré dans un coin, les cheveux en bataille, les yeux exorbités, la bouche entrouverte. Les objets renversés sur le sol ressemblaient vaguement à des berceaux.

—Écartez-vous ! cria Kaena.

Les autres n'avaient pas attendu son conseil pour s'éloigner et se regrouper le long de la cloison opposée. Une chaleur intense se diffusait dans l'atmosphère confinée. Le cercle était devenu jaune vif, étincelant, le grésillement s'était amplifié, les gerbes d'étincelles jaillissaient sans interruption et se déversaient en pluie sur le sol en répandant une fumée âcre, irrespirable.

—Ils viennent nous tuer, gémit un homme.

Un vent de panique souffla sur les Sapiens.

—Ils n'utiliseraient pas ce genre de méthode, affirma Kaena. Il leur suffirait de nous envoyer des ondes meurtrières.

Ses paroles ramenèrent un début de calme. Zehos lui passa un bras autour des épaules et l'attira contre lui. Le cercle incandescent se détacha de la cloison et dégringola sur le sol, semant un panache étincelant.

Une face ronde et claire s'immisça dans l'ouverture pratiquée dans la cloison. Elle n'y resta que le temps d'effleurer, par inadvertance, les bords encore fumants. Elle s'escamota après avoir lâché un glapissement aigu. La pénombre bleutée retomba sur la pièce.

—On aurait dit un... verdaxe! s'exclama un enfant.

Kaena fendit les rangs des Sapiens, se précipita vers la cloison du fond et s'accroupit devant l'ouverture.

—Gomni ?

—Oui, Gomni ! grommela une voix familière. Qui veux-tu que ce soit d'autre ? Mon maître m'a envoyé vous sortir d'ici.

—Il savait que nous étions enfermés dans le vaisseau ?

—Il ne le savait pas, il s'en doutait. J'ai dû explorer cinq autres pièces avant de vous trouver. D'après ma banque de données, vous vous trouvez dans l'ancienne couveuse vécarienne, là où étaient entreposés les nouveau-nés.

—Où est Opaz ?

—Il cherche Vecanoï.

—Les Sélénites l'attendent. Ils comptent l'obliger à neutraliser Vecanoï.

Elle ne voyait toujours pas Gomni, mais elle perçut son soupir. Elle effleura de la pulpe des doigts le bord coupant de l'ouverture : encore trop chaud pour prendre le risque de s'y glisser.

—Au diable Vecanoï ! Je n'aurais jamais dû obéir au maître. Je n'aurais jamais dû le laisser partir seul. Sans cette stupide histoire, nous serions déjà en route pour un nouveau monde.

—Tu sais très bien que vous ne seriez pas allés bien loin sans l'aide de Vecanoï.

Gomni marqua un temps de silence.

—Assez de palabres ! reprit-il. Filez d'ici. Moi, je retourne auprès de mon maître.

—Attends-moi. Je viens avec toi.

Kaena attendit que les Sapiens fussent tous passés de l'autre côté pour se rapprocher d'Elaïm. Les yeux du grand-prêtre glissèrent sur elle comme s'ils ne la voyaient pas. Des paroles incompréhensibles entrecoupaient ses gémissements.

—Je sais que tu voulais le bien de ton peuple, Elaïm, je sais que tu as été trompé par les créatures des racines d'Axis. Nous pouvons maintenant tout effacer, recommencer. Nous pouvons reconstruire notre monde. Tu y as ta place, si tu le veux.

Il éclata d'un rire démentiel avant de se pencher sur le côté et de se cogner le front à la paroi.

—Quoi qu'il en soit, je te suis reconnaissante de m'avoir recueillie à la mort de mes parents.

Elle lui effleura la joue de l'index, se redressa et franchit à son tour l'orifice percé par Gomni. De l'autre côté, une racine de la largeur d'un homme reliait le flanc rebondi du vaisseau au bord du grand bassin de sève.

Rassemblés près d'un pilier, les Sapiens jetaient des regards inquiets sur la pénombre effleurée de lumière bleue. Des volutes de fumée montaient de deux des segments supérieurs du prothésiste. Deux garçons, plus curieux et hardis que les adultes, s'étaient approchés de lui pour mieux l'observer. Gomni les toisait avec cet air bougon et vaguement hautain censé traduire sa supériorité sur les autres espèces.

—Tu sais parler ? demanda un des garçons.

Le prothésiste ricana.

—Certainement mieux que toi, jeune primitif !

—Essy ne nous a pas raconté de blagues, alors ! s'exclama l'autre garçon.

—Essy, Essy, c'est bien ce garnement qui capture les verdaxes pour les manger ? maugréa Gomni.

—Qui t'a donné ces drôles de pattes ?

—Mon maître, Opaz, le dernier des Vécariens. Il m'a aussi transmis une somme de connaissances dont vous n'avez pas la moindre idée, bande d'ignorants. Et sans ces drôles de pattes, comme vous dites, vous continueriez de pourrir dans votre prison.

Kaena franchit la racine, s'avança vers le prothésiste et lui posa la main sur le front.

—Merci de nous avoir tirés de là, Gomni.

Une contraction brève, convulsive, de ses anneaux révéla la surprise et l'embarras du prothésiste.

—Tu remercieras mon maître, bredouilla-t-il. Enfin, si nous le retrouvons vivant.

Kaena ramena les deux garçons dans le groupe, puis elle prit Zehos par la main et l'entraîna à l'écart. Elle le dévisagea pendant quelques instants avec une gravité presque douloureuse.

—Peux-tu ramener les autres dans la cité du Milieu ?

Zehos recula d'un pas, comme piqué par un insecte.

—Tu… tu ne viens pas avec nous ?

—Je dois retrouver Vecanoï et Opaz. Je n'ai pas le temps de tout t'expliquer maintenant. Je te demande seulement de me faire confiance.

—Tu nous abandonnes, hein ?

Elle lui prit les mains et les serra avec force.

—Notre avenir à tous se joue maintenant.

—Je m'en suis voulu de t'avoir laissée partir seule la première fois. Je me suis rendu compte que… que je tiens à toi. Je refuse de te perdre une deuxième fois.

—Tu me perdras sûrement si tu essaies de me retenir. Et tu perdras Essy et tous les autres. Je t'en supplie : fais-moi confiance.

Elle vit s'embuer les yeux de Zehos, faillit renoncer et se jeter dans ses bras, puis elle se souvint que le destin de son peuple se jouait en ce moment sous les racines d'Axis.

—Nous perdons du temps ! vociféra Gomni. Allons chercher le maître.

—Tu dois rester avec eux, Gomni, et leur montrer le chemin jusqu'au Puits des dieux, lui répondit Kaena sans quitter Zehos des yeux.

—Il n'en est pas question !

—Ils ont besoin de toi. Besoin de tes connaissances. De tes compétences. Moi, je chercherai Opaz.

—Je ne suis pas programmé pour exécuter les ordres de mangeurs de verdaxes !

—Nous pouvons tous faire des choses pour lesquelles nous ne sommes pas programmés. Sans toi, ils n'y arriveront pas. Ton maître t'aurait donné le même ordre.

Le grognement de Gomni s'acheva en un murmure ronchonnant.

—Jusqu'au Puits des dieux, alors. Pas plus loin. Après, je reviens chercher le maître.

Il s'approcha de Kaena de sa démarche dandinante et lui tendit un de ses segments articulés. Sur les pinces reposait le poignard vécarien qu'elle avait jeté quelques instants plus tôt aux pieds d'Opaz.

—Tu as de la chance, jeune primitive : mon maître a exigé que j'exécute tous tes ordres.

Kaena s'empara du poignard et le glissa dans la ceinture de son pagne.

—Tu es un véritable ami, Gomni, dit-elle avec un sourire.

—Ami ? grommela le prothésiste. Ami ? Ami, bah…

Il pressa une touche enchâssée dans le plastron de son armure. Ses ailes de lumière bleue se déployèrent en vibrant. Un murmure d'étonnement parcourut les Sapiens.

—Pressons, pressons ! cria Gomni.

Il s'éleva dans la pénombre de la salle souterraine.

—Suivez-moi. En ordre, je vous prie. Je n'ai pas que ça à faire, moi !

Zehos suivit des yeux le halo bleuté et vrombissant qui s'éloignait entre deux piliers.

—Je viens avec toi. Ils sont sous bonne garde avec ce verdaxe.

—Ils ont aussi besoin de toi, Zehos. Quelqu'un doit leur recommander de prendre une très longue inspiration avant de plonger dans la sève. Quelqu'un doit leur montrer l'exemple, leur promettre qu'ils en sortiront vivants s'ils gardent leur calme pendant le transfert.

—Tu ne veux plus de moi, c'est ça ?

Elle lui caressa les cheveux avec une tendresse infinie.

—Je n'ai pensé qu'à toi après mon départ. Mais je dois maintenant agir seule. Nous serons bientôt réunis.

Il se mordit la lèvre inférieure, hocha la tête, puis pivota sur lui-même avec brusquerie et rejoignit en courant les Sapiens, guidés par le halo bleu du prothésiste.

Kaena resta un moment agenouillée sur le bord du grand bassin. Bien que collés par la sève, ses cheveux dénoués coulaient en ruisseaux noirs et ondoyants sur ses épaules. Les tatouages de son front, les marques de son appartenance au peuple sapien et de sa condition de femme, s'étaient en partie estompés. Son corps s'était affermi, ses seins développés. Elle avait éparpillé la Kaena d'avant, la Kaena rêveuse et frondeuse, dans les ramures d'Axis.

Le murmure de la sphère de ses visions était maintenant un appel implorant. Elle espéra qu'il la conduirait au créateur d'Axis.

Vecanoï.

Son créateur.

Elle tira son poignard, le serra fermement et s'enfonça dans le bassin de sève. Un tremblement prolongé secoua le sol et les piliers de la salle.

17
Vecanoï

Les voix provenaient d'une salle éclaboussée de lumière bleue.

Quelques instants plus tôt, Kaena avait jailli d'un puits si étroit que ses épaules avaient frotté durement contre les parois. Bien que le transfert dans la sève se fût effectué en un temps très court, elle avait été prise d'un début de panique. Elle s'était demandé subitement si elle n'allait pas périr noyée, être projetée des lieues et des lieues plus loin, ou même ramenée dans le repaire de Voxem. Elle avait commencé à se débattre, puis s'était retrouvée dans ce conduit exigu d'où elle était ressortie haletante.

Elle avait repris son souffle, ses esprits. Les doigts crispés sur le manche de son poignard, elle s'était engagée dans une galerie gainée d'un métal éventré par les racines. Elle avait deviné qu'elle évoluait dans la partie du vaisseau immergée dans le bassin de sève.

Des bruits d'écoulements berçaient le silence

autour d'elle. Elle ne parvenait pas à identifier les odeurs âpres qui masquaient, par endroits, les relents de moisissure.

Elle avait su qu'elle était dans la bonne direction lorsque le murmure s'était amplifié et que l'éclat bleu était devenu plus intense. Puis elle avait entendu ces voix, l'une, grave, qu'elle croyait reconnaître, l'autre, puissante, vibrante, indescriptible.

Un flot de lumière s'écoulait de l'ouverture arrondie. Kaena leva son poignard et, le cœur battant, s'engagea dans la salle. Le spectacle qu'elle y découvrit la cloua de stupeur.

Une créature gigantesque se dressait au centre d'un bassin de sève, en face d'une source de clarté éblouissante. Si sa forme générale était celle des Sapiens, sa peau translucide, scintillante, révélait ses organes internes ainsi qu'un grouillement de créatures minuscules à l'intérieur de ce qui était sans doute une matrice. Une couronne souple, semblable à la crête d'un maraudeur, ornait le haut de sa tête.

Kaena capta l'énergie terrible qui s'écoulait de la créature et comprit qu'elle se trouvait devant la reine sélénite. Un peu en retrait se tenait Voxem, immobile.

—L'esprit de lumière bleue veut détruire notre monde !

Les yeux sombres de la reine étaient posés sur une silhouette allongée au bord du bassin. Sa voix puissante avait éclaté comme un coup de tonnerre, et déclenché une brève secousse. Kaena s'agrippa à une aspérité saillant de l'embrasure de la porte pour rester debout.

—Notre vaisseau s'est écrasé… Nous ne voulions aucun mal…

La luminosité excessive empêchait toujours Kaena de discerner les détails, mais elle identifia instantanément la voix grave et tremblante d'Opaz.

—L'envahisseur a pris notre sève ! Asséché notre monde ! Affamé mon peuple ! Nous avons besoin de toi pour le détruire !

Chacun des mots de la reine sélénite se prolongeait en vibrations et déclenchait une secousse de plus ou moins forte amplitude.

—Je… je ne peux pas. Je suis allé vers lui, je lui ai demandé de s'ouvrir, mais il ne m'a pas écouté. Je pensais que… il ne me reconnaît plus.

—Tu mens !

La voix de la reine sélénite frappa le corps d'Opaz, qui fut repoussé cinq pas plus loin. Le Vécarien se recroquevilla sur lui-même, la tête entre les bras, les genoux contre la poitrine.

—Vecanoï ne m'écoute plus, gémit-il. J'ai cru le retrouver, mais il m'a oublié… Il ne s'ouvrira pas.

Le regard de Kaena s'accoutuma peu à peu à la luminosité aveuglante et réussit enfin à se poser sur la source de clarté. Elle contint de justesse un cri de ravissement lorsqu'elle reconnut la sphère resplendissante de ses visions.

Vecanoï.

Le cerveau artificiel était entouré d'une coque

lisse d'où s'échappaient des centaines de racines qui l'enveloppaient d'un filet aux mailles serrées. Les unes s'enfonçaient dans le sol, les autres se jetaient dans le plafond de la salle. Kaena crut déceler de la joie dans le murmure qui chantait avec force dans son corps.

—Alors tu mourras ! cria la reine.

Sa voix se transforma en une onde redoutable et vint à nouveau heurter le Vécarien. Kaena voulut se porter au secours d'Opaz, mais, vidée elle-même d'une bonne partie de ses forces par l'attaque de la souveraine, elle se révéla incapable d'esquisser un pas.

Une Sélénite apparut dans le bassin de sève et tendit les bras vers Voxem. Joignant leurs doigts, ils s'abîmèrent dans un bref échange silencieux.

—Une communication urgente, ma reine, dit Voxem.

—Utilise le canal de la voix, Voxem. Que l'esprit de lumière bleue et le dernier de ses maudits t'entendent.

—Les Sapiens prisonniers se sont tous échappés, ma reine. Devons-nous les pourchasser ?

—Gardons notre énergie pour l'instant. Nous les retrouverons plus tard si nous avons encore besoin d'eux. Et ils travailleront pour nous plus durement qu'ils n'ont jamais travaillé.

—Non !

Le cri avait jailli spontanément de la gorge de Kaena. Elle se précipita vers Opaz, se pencha sur lui et lui souleva la nuque. Le Vécarien respirait toujours, mais les alvéoles noires de ses yeux avaient viré au gris terne. Un sourire las se dessina sur ses lèvres fines et pâles.

—Tu n'aurais pas dû… pas dû…

Des larmes roulèrent sur les joues de Kaena.

—Tiens bon, Opaz, je vais t'emmener loin d'ici, balbutia-t-elle. Je suis désolée, si désolée…

Elle s'entendait à peine parler. Le murmure en elle s'était transformé en un chœur assourdissant.

L'éclat de Vecanoï s'intensifia tout à coup avec une telle soudaineté qu'elle eut l'impression d'être criblée de flèches étincelantes, brûlantes. Un bourdonnement musical, d'abord à peine perceptible, couvrit rapidement les bruits d'écoulement et les grondements sourds montant des entrailles du sol.

Opaz rassembla ses dernières forces pour se redresser sur un coude.

—Vecanoï… Il… il…

La sphère bleue s'ouvrait comme un bourgeon d'Axis après la saison des pluies. Ses pétales métalliques s'écartaient, dévoilant un cœur splendide et palpitant de lumière pure. Les racines se détachèrent de lui et rampèrent en direction du bassin de sève. Un hurlement de la reine sélénite les fit trembler, craquer, mais ne les empêcha pas de continuer leur course et de plonger leurs extrémités dans la substance ambrée.

—Il s'ouvre pour toi, pas… pas pour moi, murmura Opaz. Il t'a… il t'a choisie, Kaena.

—Nous sommes descendus ensemble au pied d'Axis. C'est ensemble que nous remonterons.

—Trop tard… trop tard… Je peux maintenant… rejoindre les miens, Kaena… Je suis heureux de t'avoir… connue… La mémoire de mon peuple vivra à travers… à travers…

Ses membres se détendirent, sa tête bascula en arrière, sa bouche entrouverte laissa échapper un dernier soupir.

—Opaz, non ! Non !

Kaena secoua le corps du Vécarien avec une violence hystérique. Il était d'une légèreté surprenante, déjà empli de vide.

—Reviens, Opaz, dis-moi ce que je dois faire, hurla-t-elle. Qu'est-ce que je dois faire ?

Le bassin de sève se vidait dans un bruit affreux de succion, les racines grandissaient et grossissaient à une vitesse hallucinante, des tremblements inquiétants parcouraient le sol, les parois et le plafond de la salle. Le monde entier semblait sur le point de s'enfoncer dans le chaos.

—Tu t'es enfin ouvert, maudit ! Maintenant tu es nu, maintenant tu t'offres à ma puissance.

Kaena se retourna. Voxem et la messagère avaient disparu. De plus en plus imposante, la reine sélénite oscillait sur elle-même tandis que les racines continuaient d'aspirer la sève. Elle ouvrit la bouche, se pencha vers l'avant et vomit une onde terrifiante en direction de Vecanoï. La lumière bleue déclina brusquement. Kaena ressentit dans ses fibres la puissance de l'impact.

Une souffrance indicible.

Vecanoï souffrait comme n'importe quel autre être vivant. Peut-être même davantage, car en lui se concentraient des millions de mémoires vécariennes. Saisie d'une rage incontrôlable, Kaena lâcha Opaz, se releva et se rua vers le bassin. Elle prit son élan et sauta sur le dos de la reine, tentant de lui sectionner la crête.

Sa lame ne déchira que du vide. Un mouvement tourbillonnant de la Sélénite l'obligea à lâcher prise et l'envoya percuter une racine. Elle retomba au milieu de la salle, à quelques pas de Vecanoï, près d'une crevasse agrandie par les tremblements.

—Meurs !

La voix de la reine frappa Kaena, la précipita dans un gouffre de tourments. Elle eut l'impression que son crâne s'était disloqué. Sa main tremblante lâcha le manche du poignard. Les secousses soulevaient le sol, arrachaient des pans entiers du plafond et des parois.

La reine enjamba le rebord du bassin, s'avança vers la jeune Sapienne et l'observa en oscillant sur elle-même. Le même comportement, patient et cruel, que le maraudeur. Sa peau aspira les rares gouttes de sève sillonnant ses membres. Les créatures qui grouillaient en elle s'agitaient maintenant comme une nuée de torcouleurs et semblaient sur le point de crever la matrice. La reine s'apprêtait à mettre au monde une nouvelle génération de Sélénites.

Clouée au sol, Kaena n'avait plus la volonté ni l'énergie de s'opposer à la souveraine des profondeurs. Elle eut une pensée pour Zehos : le reverrait-elle dans l'autre monde, où l'attendaient déjà ses parents ?

—Entends maintenant ma sentence, dit la reine sélénite. Sois à jamais marquée du sceau de ma puissance.

Elle se pencha en arrière et ouvrit la bouche.

Kaena se crispa dans l'attente de l'onde de choc. Un rayon éblouissant jaillit soudain du cœur de Vecanoï et enveloppa la jeune Sapienne. Elle sombra dans un océan de lumière bleue, bercée par une musique enchanteresse.

Elle errait dans un calme infini. Était-ce donc cela, la mort ? Cette sensation libératrice de ne plus avoir de limites, de se dissoudre dans un ciel d'énergie pure ?

Des nuées de points scintillants se levèrent autour d'elle, virevoltèrent dans la lumière bleue, se fixèrent sur sa peau, pénétrèrent dans les couches profondes de son corps, se logèrent dans ses fibres, dans ses cellules. Traversée de milliers de courants chauds, elle n'éprouvait aucune gêne, aucune douleur, elle flottait au contraire dans un bain d'euphorie. En elle se déversait une mémoire qui ne lui appartenait pas. Elle ne ressentait pas ce transfert comme une profanation, c'était plutôt une redécouverte, une reconquête, le réveil d'une connaissance endormie. Le murmure entendu depuis son enfance se décomposait en points, en signes, en images, en sons, en échos à la fois intimes et lointains. Une fresque se dévoilait, qui s'étendait sur des temps et des distances immenses…

Le vaisseau en perdition se déroute vers le système de Zaïon, vers Astria, le plus petit des deux mondes. Vecanoï le dirige vers une étendue liquide dans l'espoir d'amortir le crash. L'appareil s'enfonce dans une substance ambrée, épaisse et gluante, qui ressemble à de la sève arboricole. Des créatures en surgissent, qui massacrent sans pitié les passagers survivants.

Les Sélénites, les habitants d'Astria, considèrent l'irruption de cette chose tombée du ciel comme une agression, comme une menace. Avant de mourir, le commandant vécarien ordonne à Vecanoï de se protéger en attendant que se présente une possibilité de reconstituer la civilisation disparue.

Bien que diminué, Vecanoï se referme sur lui-même et s'attelle à sa tâche : transmettre coûte que coûte l'héritage vécarien. Il procède aux premières analyses et sélectionne, dans sa banque de données, les codes génétiques les mieux adaptés à cette planète. Il envoie également des sondes moléculaires sur Talless, le monde voisin. Pendant ce temps, des racines s'infiltrent par les fissures du fuselage et forment autour du cerveau artificiel une véritable prison végétale. C'est à partir de toutes ces informations qu'il entreprend de créer

Axis, un axe végétal entre les deux planètes.

Un axe végétal présente plusieurs avantages : le premier est d'engendrer une atmosphère et une chaîne alimentaire, végétale et animale, qui permettra à une vie intelligente de se développer. Le deuxième, de mettre cette vie intelligente à l'abri des terribles Sélénites et des prédateurs comme les sharkens ou les maraudeurs. Le troisième, de jeter un gigantesque pont entre les deux planètes jumelles, de manière que les futurs habitants d'Axis puissent un jour atteindre Talless, plus riche, plus diversifiée, propice à l'établissement d'une véritable civilisation à l'abri des Sélénites.

Toujours enfermé dans sa coquille métallique, Vecanoï injecte la technologie de la translation accélérée à la sève. Il ajoute ensuite des gènes aux racines qui l'emprisonnent. La croissance spectaculaire d'Axis bouleverse l'équilibre d'Astria et absorbe une grande partie de l'énergie destinée aux Sélénites. La souveraine des profondeurs déclare la guerre à l'intelligence moléculaire. Vecanoï résiste et transfère de nouveaux gènes dans les racines. La vie se répand dans les ramures, les insectes font leur apparition, puis les gourdaques, les volants, les verdaxes et tous les animaux dont l'activité participe au développement de l'axe végétal.

Quand le cerveau artificiel estime les conditions réunies, il confie à la sève les séquences génétiques d'une espèce aux caractéristiques assez proches de celles des Vécariens, une espèce qui vivait sur une petite planète bleue réchauffée par une étoile jaune et visitée, il y a très longtemps, par les explorateurs vécariens.

C'est ainsi que Vecanoï engendre le peuple des Sapiens, les « nés de la sève ». Il estime qu'ils seront rapidement aptes à recevoir les connaissances vécariennes, à fonder une nouvelle civilisation sur Talless, mais il se trompe sur les deux points : la lutte incessante contre les Sélénites ralentit considérablement la croissance d'Axis, et les Sapiens, obsédés par leur survie, ne parviennent pas à renouer le lien avec leur créateur.

Comment Vecanoï aurait-il pu deviner que les Sélénites découvriraient les propriétés de la sève génétiquement modifiée et se serviraient de la translation instantanée pour dominer les Sapiens ? Comment aurait-il pu imaginer que ces derniers rendraient un culte puéril à leurs ennemis, qu'ils prennent pour des dieux ? Comment aurait-il pu savoir que les Sapiens s'enfermeraient si facilement dans leurs peurs ? Comment aurait-il pu concevoir que l'attente se prolongerait pendant plus de dix siècles ?

Dix siècles à résister à la haine et aux attaques de plus en plus pressantes des Sélénites.

Dix siècles à diffuser son murmure dans les branches d'Axis en espérant que les Sapiens l'entendraient et le rejoindraient dans les profondeurs d'Astria.

Pendant dix siècles, il a exploité toutes ses ressources pour accomplir la mission confiée par les derniers Vécariens : éviter la disparition définitive d'un savoir unique, plurimillénaire, le transmettre à des êtres vivants ayant la capacité de l'accueillir et de le développer.

Les Sélénites auraient fini par remporter la guerre si une jeune Sapienne n'avait entendu son appel au secours et décidé de franchir la barrière des nuages. Elle a ramené avec elle un Vécarien, le dernier de son peuple.

Vecanoï, qui ignorait l'existence du rescapé, ne met pas longtemps à prendre sa décision. Solitaire, usé, le Vécarien n'est venu à lui que pour mourir. Le cerveau artificiel fait le choix logique de l'avenir : il s'ouvre à la jeune Sapienne, et transfère toutes ses données dans son cerveau et dans son corps.

Il habite désormais une enveloppe de chair fragile, découverte. Il faut sortir de l'épave, trouver le moyen de gagner Talless avant l'effondrement définitif d'Axis.

Mais comment ?

La reine sélénite se dressait de toute sa hauteur face à Kaena. À l'intérieur de son corps, les embryons grouillaient comme des insectes surexcités. Les pétales de la coque protectrice de Vecanoï gisaient sur le sol. La salle baignait dans une pénombre teintée d'un légère lueur bleutée.

—Tu es à moi, enfin ! dit la reine.

Sa bouche se distendit et libéra toute l'énergie accumulée par des siècles de frustration, d'incompréhension, de haine et de colère.

18
Destination Talless

L'onde dévastatrice souleva Kaena du sol. L'impact lui laboura le ventre. Une obscurité glaciale s'engouffra en elle et souffla la lumière bleue.

Inerte, incapable de réagir, elle perdit tout repère et se laissa couler dans un abîme sans fond. L'onde de la reine sélénite continuait de vibrer dans son corps, semant ses sillons destructeurs, paralysant ses centres nerveux. Elle se rendit vaguement compte que le plafond de la salle s'effondrait, que des feuilles métalliques et des racines tombaient en pluie autour d'elle.

Elle se révolta. Elle refusait de partir de cette façon. Elle ne pouvait pas abandonner son peuple, elle devait l'aider à s'établir sur un autre monde. Et puis, elle désirait tant revoir Zehos… Un point scintillant d'un bleu pur, splendide, brilla comme une étoile solitaire dans ses ténèbres intérieures. Elle sut qu'elle s'en sortirait si elle se concentrait sur cette minuscule source lumineuse. Il lui fallait canaliser l'énergie de Vécanoï, la renforcer avec son propre instinct de survie. Elle n'éprouvait aucune haine pour son adversaire. Elle comprenait la nécessité pour la reine sélénite de défendre son territoire, sa progéniture, de restaurer l'équilibre de son monde. Plusieurs espèces intelligentes auraient pu cohabiter sur Astria, mais les Sélénites en avaient décidé autrement.

Kaena incarnait le droit fondamental à l'existence des Sapiens. Engendrés par la volonté d'une intelligence artificielle, les « nés de la sève » aspiraient maintenant à prendre en main leur destinée. Ceux qui s'opposaient à leur existence, qui contestaient leur légitimité, ne leur laissaient pas d'autre choix que celui de combattre.

Kaena retomba à genoux face à la reine. Le point lumineux grandit dans l'obscurité, s'étira en un rayon plus brillant que le cœur d'une nova, s'emplit de toute la puissance de Vécanoï, de toute l'énergie vitale de la jeune Sapienne. Le sol se gondolait comme l'échine d'un animal enragé. Les nuées de poussière rendaient irrespirable l'atmosphère de la salle.

Le rayon jaillit du plexus solaire de Kaena. Frappée dans la région du cou, la reine sélénite vacilla, partit en arrière, recula de quelques pas, buta sur la margelle et s'affaissa de tout son long dans la sève. Un bouquet d'ondes bleutées jaillirent du bassin agité de violents remous, percutèrent les parois et le plafond de la salle, déclenchèrent de nouvelles secousses. Enfin délivrés de la matrice, les nouveaux Sélénites s'éparpillèrent dans la sève, formes minuscules, encore indistinctes, insaisissables.

Kaena voulut se relever et foncer vers la sortie de la salle, mais ses jambes refusèrent de la porter. Allongée sur le dos, elle était même incapable de garder les yeux ouverts. Elle baignait à nouveau dans un océan d'énergie bleue, pure. Des débris de racines et de métal dégringolaient en pluie sur son visage, sur son torse, sur ses jambes. Elle s'éloignait d'elle-même, elle sombrait toujours plus profondément. Il lui sembla entendre des bruits de voix et de pas, à la fois proches et inaccessibles, comme s'ils résonnaient dans un autre espace, dans un autre temps. Quelqu'un criait son nom, quelqu'un la saisissait par la taille et par les épaules. Un cri rageur retentit au-dessus d'elle. Elle entrevit des taches, des mouvements, éprouva une vive sensation de brûlure.

—Kaena…

Cette voix…

—Opaz ?

—Vecanoï t'a choisie, Kaena. Le règne des Vécariens s'est achevé. Tu tiens l'avenir entre tes mains.

—Je ne suis qu'une primitive, une mangeuse de verdaxes…

—Tu as en toi l'essentiel : la force de la vie. Tu dois vivre et guider ton peuple.

—Mais moi, qui me guidera ?

—L'esprit d'Axis. Comme il l'a toujours fait. Adieu, Kaena... Kaena...

Le chuchotement du Vécarien s'estompa à la façon d'un rêve. Kaena dériva un moment dans la lumière bleue, puis des secousses violentes et répétées la ramenèrent brutalement dans les limites de son corps. Elle rouvrit les yeux.

—Kaena, enfin !

Le visage de Zehos, inquiet, était penché sur le sien. Il la maintenait fermement par les poignets.

—Tu m'entends ?

Elle acquiesça d'un clignement de cils. Des éclairs de lumière bleue couraient sur sa peau.

—Tes tatouages sur le front, ils... ils se sont transformés quand tu as failli être aspirée par ce courant de lumière. Ils sont maintenant bleus et brillants.

Encore trop faible pour prononcer le moindre mot, elle se contenta de lui sourire. Il était revenu sur ses pas pour lui porter secours. Elle aperçut au second plan Gomni, penché sur le corps inerte d'Opaz. Des constrictions lentes, répétées, parcouraient les anneaux du prothésiste. Son chagrin la bouleversa.

—Je t'ai vue en face de cette... créature, reprit Zehos. J'ai bien cru qu'elle allait te...

Le sol trembla une nouvelle fois. Les bords de la crevasse la plus proche s'élargirent, devinrent les lèvres d'une bouche vorace, démesurée, avalèrent les pétales éparpillés de la coquille de Vecanoï. Zehos souleva Kaena et se rua vers la sortie de la salle, mais la crevasse le prit de vitesse et l'aspira.

Il eut le réflexe de se raccrocher d'une main au bord de la faille tout en maintenant Kaena serrée contre lui. Le corps d'Opaz bascula dans la fissure sous le regard horrifié de Gomni et disparut dans les ténèbres des profondeurs. Le halo brillant des ailes du prothésiste éclaira furtivement la salle dévastée. Dans un vrombissement caractéristique, il s'éleva au-dessus de la crevasse, puis fondit en piqué entre les parois désormais figées.

—Gomni ! hurla Zehos. Il est mort et nous sommes vivants !

Il ne tiendrait pas longtemps. Ses doigts glissaient déjà sur le bord lisse. Kaena prit conscience que la seule façon d'aider Zehos était de lâcher prise. Libéré de son fardeau, il pourrait alors se rétablir. Elle respira sa chaleur, son odeur, avec des regrets infinis, puis elle commença à lui desserrer le bras. Il comprit ce qu'elle tentait de faire, et raffermit sa prise. Pendant quelques instants, ils se livrèrent une lutte silencieuse et acharnée qui risquait à tout moment de les précipiter tous deux dans le vide.

—Écoute, souffla Zehos. Gomni, il revient.

Le vrombissement de Gomni se rapprochait en effet. Ils furent bientôt emprisonnés par le halo bleuté des ailes du prothésiste.

—Est-ce que tu en auras la force ? demanda Zehos.

Ils observaient le Puits des dieux. Gomni avait transporté les deux Sapiens dans les galeries dégagées, mais Zehos et Kaena avaient dû en parcourir quelques-unes à pied, escalader les éboulements, se faufiler entre les énormes racines dénudées par les tremblements. On ne reconnaissait pratiquement plus rien des passages creusés et entretenus par les Sélénites. Sans le sens de l'orientation de Gomni, ils n'auraient sans doute jamais retrouvé le chemin du Puits des dieux. L'énergie de Vécanoï avait terrassé la souveraine des profondeurs, mais ses sujets, alertés, organisaient la riposte. Des cris perçants et des bruits de cavalcade se répercutaient dans les galeries. Une course de vitesse s'était engagée entre les trois fuyards et les Sélénites.

Kaena fixa la surface frissonnante du bassin, en partie obstrué par une racine brisée.

—Ils sont derrière nous ! cria Zehos.

Elle lança un bref regard par-dessus son épaule. Des silhouettes tourbillonnantes se pressaient dans la galerie et fonçaient dans leur direction.

—Allons-y.

Kaena enjamba la margelle du puits, prit une profonde inspiration et plongea dans la sève. Elle se laissa couler à pic en attendant d'être saisie par le formidable courant. Elle ne vécut pas les mêmes tourments que lors de sa première translation. Aucune angoisse, pas de panique, seulement la griserie de la vitesse dans les veines d'Axis, une sensation enivrante de faire corps avec les éléments.

Elle regretta presque de jaillir à l'air libre. L'odeur l'informa instantanément qu'elle arrivait dans un endroit familier. Elle était de retour dans la cité du Milieu.

—Kaena ! Pas trop tôt !

Perché sur ce qui restait du rebord du bassin, Assad l'accueillit d'un large sourire. Derrière lui, une ombre immobile et sombre coiffait l'ancienne place en ruine de la cité des Sapiens.

—Que t'est-il arrivé ? s'exclama le prothésiste. Cette lumière à ton front…

Elle l'interrompit d'un mouvement de la main.

—Les autres ? Où sont-ils ?

—Tu veux dire les mangeurs de verdaxes ? Eh bien, ils…

L'irruption de son congénère et de Zehos ne lui laissa pas le temps de finir sa phrase. Gomni vomit des filets de sève avant de regagner le bord en deux ondulations.

—Maudite sève ! Je suis persuadé qu'elle a encore endommagé…

—Ravi de te revoir, Gomni ! cria Assad.

—Tu seras moins ravi quand je t'aurai raconté ce qui est arrivé au maître.

—Est-ce qu'il est…

Kaena se hissa sur le bord du puits et posa la paume sur le front d'Assad.

—Il est parti en paix. Avec le sentiment du devoir accompli. Où sont les autres ?

Axis fut ébranlé par une formidable secousse. Un craquement retentit avec la puissance d'un coup de tonnerre.

—Partons, déclara Assad d'une voix sourde. Axis risque de s'effondrer d'un moment à l'autre.

—Partir, partir, mais comment ? grommela Gomni.

Oubliant son chagrin, Assad eut un mouvement évoquant le bombement de torse et désigna, à l'aide de deux de ses segments, la masse sombre échouée sur la branche-mère.

—Le nouveau vaisseau est prêt. Il est capable de nous transporter sur Talless en attendant mieux. J'ai pris la liberté de le faire descendre jusqu'ici. J'ai pensé que nous pourrions en avoir besoin. Les autres, Sapiens et prothésistes, nous attendent à l'intérieur.

Gomni ne parvint pas à dissimuler son admiration.

—Je ne te pensais pas capable de ce genre d'initiative, siffla-t-il. Et je croyais le vaisseau trop volumineux pour évoluer dans les ramures d'Axis.

—Nous avons dégagé le passage, désintégré quelques branches-mères, et ton grand œuvre s'est posé sans aucun dommage dans la cité du Milieu.

—J'en suis heureux, mais nous avons perdu le maître, et je nous vois mal partager notre destin avec ces… avec des mangeurs de verdaxes !

Kaena aida Zehos à grimper sur le bord déchiqueté du Puits des dieux, puis se tourna vers Gomni.

—Opaz m'a légué la mémoire de son peuple. Toi et les tiens, vous êtes les bienvenus, Gomni. Nous allons tout recommencer ensemble. Ensemble, nous ferons de grandes choses.

Un sourire timide éclaira la face renfrognée du prothésiste.

—Eh bien, qu'est-ce qu'on attend ? Que notre ancien monde se soit définitivement écroulé ? Que les Sélénites viennent nous souhaiter bon voyage ?

La surface de Talless approchait. On distinguait maintenant les miroirs bleus des étendues d'eau, les sommets immaculés des chaînes montagneuses, les taches vertes des forêts, les serpents étincelants des cours d'eau.

Abandonnée sur l'épaule de Zehos, Kaena se sentait encore trop lasse pour mordre à pleines dents dans son bonheur. Les connaissances de Vecanoï brillaient au fond d'elle avec plus d'intensité qu'un ciel étoilé.

—Les autres te considèrent maintenant comme leur chef, murmura Zehos. Le grand-prêtre est arrivé à ce qu'il voulait, finalement : tu lui as succédé.

—Je leur apprendrai à ne laisser personne décider à leur place. Je leur apprendrai à être libres.

—Ils sont inquiets pour leur avenir. Essy m'a demandé si nous trouverions de quoi boire et manger sur le nouveau monde. Seul Ilpo paraît serein : on dirait même qu'il a recouvré une partie de ses esprits.

Kaena se redressa et, les yeux brillants, déposa un baiser fougueux sur les lèvres de Zehos.

—L'univers est immense. Nous avons tellement de choses à découvrir !

Axis avait peu à peu disparu de leur champ de vision. Ils s'étaient tous massés près des hublots pour contempler une dernière fois l'arbre-monde qui les avait nourris, abrités, bercés. Des branches énormes s'étaient affaissées autour du vaisseau au moment du décollage. Ils avaient vu les Sélénites jaillir du Puits des dieux et se disperser en sillons rageurs dans les frondaisons.

—Peut-être un jour aurons-nous l'occasion de mieux les connaître, reprit Kaena.

—Les Sélénites ? Je ne sais pas si c'est bien nécessaire…

—Seule la connaissance peut nous délivrer des chaînes de la peur.

Un peu plus loin, trois prothésistes s'activaient devant le tableau de commandes sous les regards attentifs de Gomni et d'Assad. Talless se dévoilait devant eux par la baie vitrée de la cabine de pilotage. Un monde de générosité, d'harmonie.

Essy, surexcité, se glissa derrière Kaena et Zehos.

—Eh, jeune Sapien ! gronda Gomni. Je croyais avoir demandé à tout le monde de rester attaché à son siège !

Essy répondit d'une grimace à la remarque du prothésiste.

—Dis, Kaena, ce sera vraiment bien là-bas ?

Elle lui ébouriffa les cheveux d'un geste tendre et complice.

—Ce sera ce que nous voudrons bien en faire…

Table des matières

L'auteur : Pierre BORDAGE

Pierre Bordage est né en 1955, dans un petit village du haut bocage vendéen. " Je suis un enfant de la campagne, élevé au grain et en plein air, dans une Vendée profondément catholique ", précise-t-il dans le dossier que la revue Galaxies *lui a consacré. Après quatre ans de petit séminaire, il se retrouve en faculté de lettres modernes à Nantes, où il découvre le karaté, le banjo, le plaisir d'écrire et la science-fiction.*

Puis il parcourt l'Inde, exerce divers métiers (gérant de librairie, vendeur sur les marchés, journaliste sportif, etc.) et se met à l'écriture d'un gros roman. Bien que rédigé en 1985, Les Guerriers du silence *ne paraît qu'en 1993 chez l'éditeur nantais L'Atalante. Premier tome d'un space opera démesuré qui dépasse les deux mille pages, le roman décroche le grand prix de l'Imaginaire. Suivront, entre autres,* Wang *(prix Tour Eiffel 1997),* Les Fables de l'Humpur *(prix Paul Féval 2000),* L'Évangile du serpent *(2001),* Les Griots célestes *(2002), etc. Grâce à ses extraordinaires talents de conteur, Pierre Bordage est l'auteur de SF qui rencontre le plus grand succès public.*

Sous son apparence flegmatique, Pierre Bordage est un homme de défis. Après s'être lancé dans l'aventure sans filet du feuilleton avec Le Peuple de l'eau *(Librio, 2000), il aborde simultanément avec* Kaena *les domaines de la novélisation (sortie du film prévue début 2003) et de la littérature jeunesse, nouveaux pour lui. Mais, à travers les aventures de son héroïne, Pierre Bordage retrouve le thème qui parcourt toute son œuvre, celui du voyage initiatique.*

Marié et père de deux enfants, Pierre Bordage vit maintenant du côté de Nantes, après avoir passé quelques années à Kansas City.

AUTRES MONDES

Collection dirigée par Denis Guiot
Pour tout lecteur, dès onze ans

Une exploration passionnante de
l'imaginaire de science-fiction :
réalités virtuelles et truquées, planètes lointaines,
rencontres avec des extraterrestres,
mondes parallèles de la *fantasy*,
voyages dans le temps, sociétés futures, *Homo futuris*…

Une invitation à l'aventure, au rêve et à la réflexion
pour les jeunes du troisième millénaire.

« Un des partis pris de cette nouvelle collection de Mango intitulée Autres Mondes *et dirigée par Denis Guiot, parfait connaisseur de la science-fiction jeunesse, est de stimuler autant l'imagination que la réflexion. »*
Frédérique Roussel, Libération.

TITRES DÉJÀ PARUS

1. GRAINES DE FUTURS

Anthologie dirigée par Denis Guiot, préface d'Albert Jacquard

Clones acteurs de cinéma, éoliennes flottant dans la haute atmosphère, logiciels sentimentaux, maisons tueuses, bananes qui vaccinent, nanorobots fantômes, retour de l'homme sur la Lune...
À l'aube du IIIe millénaire, l'éventail des futurs possibles engendrés par l'accélération de la connaissance scientifique donne le vertige et a inspiré les sept nouvelles inédites réunies dans cette anthologie.
Sept graines de futurs plantées par les meilleurs écrivains de science-fiction pour la jeunesse : Ange, Robert Belfiore, Christian Grenier, Alain Grousset, Jean-Pierre Hubert, Christophe Lambert, Danielle Martinigol et Joëlle Wintrebert.

« Composée d'abord pour la jeunesse, brillamment préfacée par Albert Jacquard, cette anthologie fait partie des livres à la lecture desquels on se sent devenir plus intelligent. »

François Rahier, *Sud-Ouest Dimanche*

2. LES CENDRES DE LIGNA

par Jean-Pierre Hubert

Dans la profondeur des forêts de la planète Ligna se cache un arbre aux pouvoirs mystérieux qui excite bien des convoitises : le ginnka. Jusqu'à présent, Maître Harvinn et ses apprentis Jona et Rick ont exploité ses richesses tout en respectant la planète et ses habitants, les Cendreux, des êtres étranges mi-humanoïdes, mi-végétaux, pour qui le ginnka est un arbre sacré. Mais d'autres colons, plus soucieux de rentabilité, décident d'utiliser une monstrueuse machine robotisée, le mégabull. Le ginnka se transforme alors en un redoutable adversaire.

« Les Cendres de Ligna *est un planète opéra développant une thématique écologique de façon très intelligente et avec une grâce d'écriture peu commune, qui bénéficie de surcroît d'une superbe couverture de Manchu. »*

Jacques Baudou, *Le Monde*

3. L'ŒIL DES DIEUX

par Ange

(PRIX ADOS RENNES/ILLE-ET-VILAINE 2001-2002,
PRIX J'AI LU, J'ELIS 2001 des Ados de la Ville d'Angers,
PRIX PLAISIRS DE LIRE 2002
[Catégorie 6e-5e] du département de l'Yonne)

Ils ont entre neuf et quatorze ans et sont divisés en bandes rivales : les Loups, les Ours et les Crazes. Ils sont vingt-neuf exactement qui vivent depuis toujours dans la Bulle, un lieu étrange et hermétiquement clos qui leur dispense nourriture et énergie.
Depuis que les robots qui s'occupaient d'eux se sont immobilisés à jamais, ils passent leur temps à se faire la guerre, sous la conduite de Mina pour les uns et de Jeff pour les autres. Mais un jour, les distributeurs de nourriture s'arrêtent de fonctionner et la Bulle protectrice se métamorphose en un piège mortel.

« L'Œil des dieux *est une robinsonnade en forme de réflexion sur les mythes et la naissance des religions, qui dose adroitement suspense et drame.* »

Stéphane Manfredo, *La Revue des livres pour enfants*

4. LE SOUFFLE DE MARS

par Christophe Lambert

Mars, année 2121. La colonisation a commencé. Le jeune Keith David fait partie d'une petite équipe qui effectue des relevés scientifiques du côté de Chasma Borealis, la plus grande vallée glaciaire du pôle Nord. Mais la navette qui doit venir les reprendre s'écrase à l'atterrissage. De plus, *Bradbury Town*, la base principale, ne répond plus. Après un périple épuisant à travers les déserts de la planète rouge, Keith et ses amis rejoignent la base, où l'horreur les attend…
Un suspense martien implacable, par l'auteur de *Titanic 2012*.

« Non seulement l'auteur a construit un récit qui tient en haleine, mais il y a greffé mille références aux grands maîtres de la science-fiction. »

Françoise Harrois-Monin, *Ciel et Espace*

5. LES ABÎMES D'AUTREMER

par Danielle Martinigol

(GRAND PRIX DE L'IMAGINAIRE 2002, PRIX E. LECLERC DU ROMAN JEUNESSE 2002 du Salon Jeunesse de Rueil-Malmaison)

Sandiane a 16 ans. Elle est l'assistante de son père, grand reporter. Tous deux traquent le scoop à travers tout le cosmos. Ils décident d'aller sur la farouche planète-océan Autremer afin de percer le secret des Abîmes, ces astronefs mythiques qui en seraient originaires. Mais là, Sandiane et son père se retrouvent en butte à l'hostilité des habitants, et tout particulièrement à celle du jeune Mel et de son oncle, guides-pilotes de safaris sous-marins. Quel redoutable secret dissimulent les eaux de la planète Autremer ? Lorsque Sandiane découvrira l'incroyable vérité, osera-t-elle la diffuser dans toute la galaxie, au risque de détruire la civilisation autremerienne ? Après *Les Oubliés de Vulcain*, un nouveau grand roman écologique et romantique de Danielle Martinigol.

« *Dans* Les Abîmes d'Autremer, *[Danielle Martinigol] ébauche une réflexion qui n'est pas manichéenne sur le pouvoir médiatique, ses vertiges et ses excès ; mais surtout elle imagine une très belle relation symbiotique entre les humains et une espèce extraterrestre habitant la planète-océan Autremer, espèce capable de sillonner des mers de nature très différente... Et elle enrobe le tout en relatant l'itinéraire d'une jeune fille de seize ans un peu trop sûre d'elle qui, en tentant de percer un secret, va tout bonnement changer sa vie.* »

Jacques Baudou, *Le Monde*

6. SQUATTEUR DE RÊVE !

par Dany Jeury

Victime d'un grave accident de skate, Thibaut est depuis une semaine dans le coma. Bardé de tuyaux de toutes sortes et de fils électriques reliés à un ordinateur, allongé sur son lit d'hôpital, il rêve... de ses potes et de Plotte, son amie de cœur. Bien malgré lui, Paulin, un jeune punk aux cheveux rouges qui travaille dans la clinique, est projeté dans l'univers intérieur de Thibaut et se retrouve en train de squatter le rêve du skateur ! D'insolite au départ, la situation se transforme en un dramatique chassé-croisé entre rêve et réalité. Car la mort rôde dans le coma de Thibaut.

« *[...] Pour ceux qui aiment rêver et squatter les rêves des autres, ce premier roman à l'écriture simple et d'une grande fraîcheur sera un vrai bonheur.* »

Martine Lavogez, *www.noosfere.org*

7. LES VISAGES DE L'HUMAIN

Anthologie dirigée par Denis Guiot,
préface d'Axel Kahn
(PRIX BOB MORANE 2002 DE LA NOUVELLE
à *Journal d'un clone* de Gudule)

Manipulations génétiques, conditionnement neurobiologique, clonage et cyborgs redessinent de manière accélérée les frontières de l'humain. Que sera l'homme de demain ? À sa sortie de la « grande fabrique du vivant », appartiendra-t-il toujours à l'espèce *Homo sapiens* ? Conservera-t-il toujours son libre arbitre ? Pour répondre à ces questions de plus en plus pressantes, *Les Visages de l'humain* réunit au sommaire Jean-Pierre Andrevon, Fabrice Colin, Christian Grenier, Gudule, Jean-Pierre Hubert et Éric Simard. Six nouvelles décapantes pour faire le tour de l'*Homo futuris* !

« Soyons francs : qui aurait soupçonné qu'une anthologie estampillée « jeunesse » puisse un jour faire date, même de façon relative, dans l'histoire du genre en France ? [...] Il y a du miracle là-dedans. On s'en rend compte d'ailleurs tout de suite : même la couverture est splendide, c'est dire ! »

Bruno della Chiesa, *Galaxies*

8. LES CHIMÈRES DE LA MORT

par Éric Simard

Fin du XXIe siècle. Les colons luniens se sont révoltés contre la domination de la Confédération terrienne. Emmenées sur la face cachée de la Lune par le lieutenant Sorg Lancray, les Chimères de la Mort (des créatures animales mi-gorille, mi-tigre) prennent part au conflit. De retour dans la demeure familiale, un fort au large de Saint-Malo, Sorg découvre que son frère, généticien pour la Confédération et qu'il n'avait plus vu depuis des années, lui a légué à sa mort le fruit de ses recherches interdites, Onyx, une chimère d'un nouveau genre, mi-humaine, mi-féline. Dans quel but ?
Biologiste de formation, Éric Simard aborde le sulfureux problème du croisement entre espèces.

« Éric Simard aborde ici le problème de la manipulation génétique, sans oublier de bâtir une histoire solide avec des personnages attachants et le suspense nécessaire pour que le lecteur ait envie d'avoir le fin mot de l'histoire. »

A.L. Dometoff, *Lanfeust Mag*

9. LES ENFANTS DE LA LUNE

par Fabrice Colin

Décembre 1942. Paris occupé gémit sous la botte nazie. Deux jours avant Noël, le jeune Adrien reçoit un étrange appel au secours, destiné en fait à son grand-père... mort il y a plus de dix ans ! « Aux temps maudits de l'Exode, vous avez aidé notre peuple. Une fois encore, et sur les recommandations de notre reine, nous faisons appel à vous. » Signé : Leydamoon du peuple Annwyn. Adrien se lance alors dans une dramatique course contre la montre pour sauver les derniers Annwyns pourchassés par les Siths, d'abominables créatures de la nuit qui se sont associées aux nazis. Hélas, tous les passages permettant à Leydamoon et à son peuple de quitter notre univers se sont refermés. Tous... sauf un.
Une *fantasy* urbaine aux accents poétiques, ancrée dans une époque douloureuse de l'histoire contemporaine.

« Fabrice Colin est un enchanteur, ses romans et ses nouvelles provoquent un sentiment jubilatoire d'émerveillement... Faudrait-il en faire la démonstration que Les Enfants de la Lune, *sa première incursion dans la littérature jeunesse, serait tout indiqué. »*

Jacques Baudou, *Le Monde*

10. CLONE CONNEXION

par Christophe Lambert

L'Internet est mort, vive l'Intersphère ! Enveloppant la Terre, ce champ de forces invisible contient des milliards de données. Mais pour y accéder, il faut passer par des êtres humains appelés « connecteurs », capables de surfer sur cet océan d'informations grâce à leurs facultés psychiques.
C'est parce qu'il possède de tels pouvoirs que le jeune Frédéric Lorca est engagé par la Com. Amalgam, l'entreprise à l'origine de ce Web du futur. Peu après, Frédéric apprend qu'une terrible menace se cache dans l'Intersphère. Il décide de mener l'enquête. Finira-t-il par découvrir l'effrayante vérité ? Et lui-même, qui est-il réellement ?

« Prenant, mais pas seulement. Ce roman musclé pose, mine de rien, toutes sortes de questions sur notre société et notre envie de vouloir ressembler aux autres. »

Pierrette Rieublandou, *Okapi*

11. LES REBELLES DE GANDAHAR

par Jean-Pierre Andrevon

Venant de la Terre mythique, la belle Athna a débarqué sur Tridan. Depuis, plus rien n'est comme avant dans le paisible royaume de Gandahar. En effet, l'Envoyée de la Terre a décidé, avec l'aide de ses inquiétants animators, de faire connaître aux habitants du royaume les « délices » de l'ère industrielle. Même le chevalier Sylvin semble envoûté ! Heureusement, la douce Airelle à la peau bleue se rebelle.
Jean-Pierre Andrevon revient à son univers de prédilection, le monde fascinant de Gandahar, porté en 1987 à l'écran par René Laloux, sur des dessins de Caza

« Les Rebelles de Gandahar *est l'un des plus beaux romans pour enfants que j'aie eu l'occasion de lire. Un des plus beaux tout court. [...] Sur une histoire simple et agréable à lire, l'auteur fait un bouleversant plaidoyer pour la vie et la nature.* »

Lucie Chenu, *Science-Fiction Magazine*

12. SA MAJESTÉ DES CLONES

par Jean-Pierre Hubert

Poursuivie par les redoutables Arachnos, une navette de sauvetage ayant à son bord une vingtaine d'enfants terriens s'écrase sur une planète sauvage, en bordure d'un lagon. Rapidement, ces vacances forcées tournent au cauchemar : la planète recèle mille dangers, les enfants découvrent une mystérieuse épave arachnos capable de fabriquer du vivant et, surtout, des rivalités apparaissent qui vont faire craquer le vernis de civilisation.
Un hommage audacieux au fameux roman de William Golding, *Sa Majesté des mouches*.

« Mêlant aventure, science-fiction et réflexion éthique, dans un environnement cruel et violent, aussi bien intérieur qu'extérieur, Jean-Pierre Hubert captive par la simplicité de sa narration et par l'inéluctabilité de son histoire. »

A.L. Dometoff, *Lanfeust Mag*

13. PROJET OXATAN
par Fabrice Colin

Phyllis, Jester, Diana et Arthur, quatre adolescents orphelins, vivent depuis toujours au fond d'un cratère martien terraformé tapissé d'une jungle luxuriante où se cacheraient des ogres. Sous la garde de MG, leur gouvernante un peu folle, ils sont reclus dans une grande maison qu'ils ont baptisée le « Bunker », entourée d'un marécage infesté d'alligators. Qui sont ces enfants ? D'où viennent-ils ?
En quoi consiste le projet oXatan ?
Un oppressant conte de fées du futur, mêlant manipulations génétiques et peurs ancestrales.

« Le style choisi par Fabrice Colin donne au récit toute sa force car il livre les informations petit à petit ; les sentiments, les craintes sont ressentis en même temps par les enfants et par le lecteur. À partir du roman se pose une réflexion sur les manipulations génétiques et sur la folie des hommes [...] À lire absolument. »

Roselyne Malavieille, *www.livrjeun.tm.fr*

14. SOUVIENS-TOI D'ALAMO !
par Christophe Lambert

Aspirée par une tempête magnétique, une patrouille de bombardiers de la Seconde Guerre mondiale commandée par le capitaine Franck Taylor atterrit le 18 février 1836 à Alamo, peu de temps avant le siège du fort par les troupes mexicaines du général Santa Anna. Taylor et ses coéquipiers vont-ils aider Davy Crockett et les assiégés, et prendre le risque de changer le cours de l'Histoire ?
Un surprenant western SF !

« Christophe Lambert (rien à voir avec le comédien), en passe de devenir un maître de la SF jeunesse, signe là un roman d'aventures historiques palpitant et très documenté. »

Any-Claude Preszburger, *Epok*

15. KAENA, LA PROPHÉTIE
par Pierre Bordage

Axis, le monde-arbre, est en danger de mort car sa sève s'épuise. En vain, les dieux sont implorés. Kaena, une jeune fille déterminée, va braver les tabous de sa tribu et se lancer dans un périlleux voyage, jusqu'aux racines d'Axis.
Pierre Bordage novélisant le premier film européen en images de synthèse : un événement dans la collection Autres Mondes !

16. ALLERS SIMPLES POUR LE FUTUR
par Christian Grenier

En six nouvelles passionnantes, le monde de demain vu par Christian Grenier : réalité virtuelle, conquête de l'espace, environnement, manipulations génétiques. Préface thématique, commentaires de l'auteur après chaque nouvelle et bio-bliographie complètent ce recueil, conçu comme un coup de chapeau à « Monsieur science-fiction jeunesse ».

À PARAÎTRE
EN JANVIER 2003

17. DEMAIN LA TERRE
Anthologie dirigée par Denis Guiot

Demain la Terre. Mais quelle Terre ?
Car la Terre ne va pas bien. Par égoïsme, inconscience, obsession du profit, l'homme a saccagé sa planète. Effet de serre, bouleversements climatiques, pollutions de l'eau, de la terre, de l'air et du vivant : la crise écologique est aiguë. Au sommaire de cette anthologie : Jean-Pierre Andrevon (qui signe deux nouvelles), Jean-Pierre Hubert, Christophe Lambert et Danielle Martinigol. Cinq nouvelles percutantes pour réveiller les consciences !

Impression réalisée sur CAMERON par

BRODARD & TAUPIN

GROUPE CPI

La Flèche
en mai 2003

Imprimé en France
N° d'impression : 18799
Dépôt légal : mai 2003